唇にふれるまで

可南さらさ
Sarasa Kanan

LUNA NOVELS

Illustration

街子マドカ

CONTENTS

唇にふれるまで

十月の雨は強く降り注ぎ、悠《ゆう》の薄茶色の髪や白い頬を容赦なく濡らしていった。

薄いシャツが肌に張り付くようで気持ち悪かったが、そんなことを気にする余裕はない。

刺すような皮膚の痛みを無視して闇の中を走り続けていた悠は、背後から迫ってくる車の音に気づいて、はっと後ろを振り返った。

闇の中から現れたのは、黒く大きな車体。見覚えのあるその影にギクリとする。

こんなところで立ち止まりたくなんかないのに、気が付けば足が固まって、そこから一歩も動きだせなくなってしまう。

はぁはぁと唇からこぼれ出る吐息は白く、ライトに照らされた雨が細い糸のように鈍く光って見えた。

……今すぐ、どこかに隠れないと。

そう分かっているのに足が動かないのは、凍えるような寒さのせいか。それとも迫りくる恐怖のせいか。

次第に大きくなるライトが、子供の頃に夢で見た大きな化け物の目のように思えた。カッと目を見開き、赤い口を開けて迫ってくる恐ろしいモンスター。

それに喉の奥がひゅっと小さく嫌な音を立てる。

だがスピードを上げてやってきた黒い車は止まることはなく、激しい水音を立てながら悠のすぐそばを通り過ぎていく。

ばしゃりと飛沫が足下で跳ね上がったが、冷たさよりも先に感じたのは、どっとした脱力感。

――違った。

そのことに心の底からほっとする。

うまく逃げ出すことができたのか。それとも最初から、追いかけてきてなどいなかったのか。

……どちらでもいい。ともかく今は早くここから離れたい。

なんとか力を振り絞って歩き始めたものの、凍り付いた足ではろくに進むこともできず、そのままふらふらっとよろけてしまった。

瞬間、ぱっと横から飛び込んできた光に目を瞑《みは》る。キキィと甲高い音を立てながら、なにかが風をきるようにして身体のすぐ脇を走り抜けていくのを感じた。

悠がどっと地面に倒れるのと同時に、闇の中に激しいクラッシュ音が響き渡る。

「……っ」

なにが起きたのか、よく分からなかった。

濡れた前髪をかき上げながらのろのろと顔を上げた悠は、目の前に広がった光景を目にして『え…？』と小さな声を漏らした。

人が倒れている。

黒い革のライダースジャケットを着た、体格のいい男のようだ。それが雨に打たれて地面に転がっていた。

そこから三メートルほど先の道路脇では、黒と赤のボディを光らせた大きなバイクが、ガラガラと激しい音を立ててタイヤをから回らせている。

先ほどの甲高い音は、このバイクが倒れたものだったのだろうか。

……嘘。

突然のことに、頭の中が真っ白になる。

頭から頬へ伝い落ちていく雫は、身体の芯まで凍らせるように冷たかったが、それすら今の悠にはなにも感じられなかった。

「…くっそ」

やがてむくりと起き上がった男は、毒づきながら被っていた黒いメットを外すと、ツカツカと足音を立ててこちらへ近づいてきた。

目の前に立ちふさがった影に、ギクリと身を竦ませる。背後を通る車のライトに照らされた身体は、まるで高くそびえ立つ大きな山のように見えた。

その長身が、記憶の中の不吉な影と重なる。

「おい」

にゅっと伸びてきた、大きくてごつい手のひら。それに手首を掴まれた瞬間、ぞわっとした感覚が這い上ってくるのを感じて、悠は気が付けば力任せにその手をなぎ払っていた。

「離せ…っ」

バシッと激しい音が鳴る。

悠の過剰な拒絶反応に、一瞬呆気にとられたような顔を見せた男は、だが小さく舌打ちすると、再び二の腕のあたりをぐっと掴みなおしてきた。

もう一度振り払おうとして暴れたが、指先は腕に深く食い込んでいて、いくら振り払っても外れそうにない。

「おい、お前な…」

「離せ、よ…っ」

こんな大男に捕まってしまったら、そのまま闇の中へとずるずる引きずり込まれてしまいそうだ。

それが恐ろしくて、悠はやっきになってその腕から逃れようともがき続けた。

「離せって言ってんだろ！」

男はそれにもう一度チッと舌打ちしたあと、『いいから聞け！』と激しく怒鳴りつけてきた。

低い恫喝。それにビクッと身体を震わせた悠は、驚きに目を見開いたまま、男の顔をじっと見上げた。

雨の中、かすかな街灯に照らされたその顔だちは男らしく整っている。

意志の強さを表すようなすっと伸びた眉が、なぜか今はいぶかしげに顰められていた。

「どこか痛むのか？」

「…え？」

「だから…、バイクで引っかけたせいで、どこかを痛めたんじゃないのかって聞いてんだよ。それで立てないんじゃないのか？」

悠の腕を掴んだ男は、イライラとした様子でこちらの全身を検分するかのように視線を走らせている。

そこでようやく悠は、どうやら彼が自分を押さえつけるためではなく、立たせようとして腕を掴んでいたらしいことに気が付いた。

「ち…違う…」

『別に、どこも…』と首を振りながら慌てて立ち上がると、男はあからさまにほっとした様子で息を吐いた。

どうやら悠がいつまでも地面に座りこんでいたせいで、どこか怪我でもしたのかと心配させてしまったらしい。

「あ…」

だがそれに気づいた悠がなにかを口にする前に、目の前の男の唇がすぅっと開き、大きく息を吸い込むのが見えた。

「…っざけんじゃねぇぞ！　信号ぐらいよく見やがれっ、このクソガキ！」

次の瞬間、頭の上から降ってきたつんざくような激しい怒鳴り声に、ぴしりと身体を強ばらせる。

指を差された方向を見上げれば、ちょうど赤だった信号が青にぱっと変わったところだ。

どうやら自分が赤信号に気づかず道へ飛び出したせいで、バイクと接触しかけたらしい。それをよけようとして、彼はこの雨の中、派手にスリップしたらしかった。

「急にふらふらと飛び出してきやがって。死にてぇのかっ！　もし自殺志願者だっていうなら、せめて人に迷惑のかからねぇところでしろ！」

「そ……」

そんなつもりだったわけではない。

だが怒鳴り声に呆気にとられてしまい、悠は開きかけた口を閉じて押し黙った。

気まずさについ視線をそらす。

そのとき、悠は自分の着ている白いシャツが、淡い街灯の明かりの下で、なぜか赤く染まっていることに気が付いた。

なんだ、これ…？

もしや自分でも気が付かぬうちに、どこか怪我でもしたのだろうか。

そう思ってまじまじ見つめると、悠の腕を掴んでいた男の手のひらから、なにかがぽたぽたと滴り落ちているのが目に映った。

それが血だと気づいた途端、悠は全身の体温がざっと下がるのを感じた。

「あ…んた…。その腕…」

「ああ？　……これか」

男は悠に言われて初めて気が付いたとでもいうように、左手を上げると、すり切れてしまった革のジャケットをぐいとまくり上げた。

目に飛び込んできた腕の惨状に、思わずぐらりとした目眩を覚える。

小指のつけねから肘のあたりまで、皮ごとごっそり削り取られたかのようなその赤黒い傷跡は、ぽたぽたと滴り落ちていく液体と相俟って、ひどく痛ましく目に映った。

「ぴょ…ぴょ…いん…、いや…そうだ…っ。きゅ、救急車…っ！」

見ているだけでもひりつくような痛みを覚え、震える指先で胸元のあたりをぎゅっと掴む。

慌てて近くに公衆電話か、コンビニでもないかときょろきょろ見渡したが、男はなんでもないというように肩を竦めた。

「落ち着け。こんぐらい舐めときゃ治る」

「な、治るわけないだろ…っ」

包丁で指先をちょっと切ったとか、そんな程度の傷ではないのだ。

「だって血…、血がすごい出てんのに……」

悠の言葉に彼がめんどくさそうに腕を振ると、ピシャッと音を立てて赤い雫が足下の暗い水たまりへと消えていった。

全身がガタガタと震えだすと同時に、ふっと足下から力が抜けていくのを感じる。

「…おい？　お前…」

誰かが、強く肩を揺さぶっている。

だがそれすら遠いところの出来事のように思えて、悠の意識はそのままブラックアウトした。


「……なんだって？」

「ああ。倒れたとき、ついでにガードレールにでも引っかけたみたいだな。十二針だとさ」

「そう…」

どこか遠くで、人の声がしている。

水の中でたゆたっているような、静かなざわめきの中、悠は聞き覚えのない低い男の声にぱちっと目を開けた。

瞬間、目に飛び込んできたのは、水色の布のようなもので仕切られた衝立《ついたて》。それから自分の身体の上にかけられていた、チャコール色の毛布。

そしてなぜか左腕には、透明な液体の入った点滴がつながっている。

ここは一体…。

「あ、気が付いた？」

悠が起きたことに気づいたのか、二十代後半か三十代前半といったくらいの優しげな男性が、衝立の向こうからひょっこり顔を覗かせてきた。

びっくりするほど綺麗な顔立ちをしてはいるものの、どうみても男性であるのは間違いないようだ。

「あ…の…」

「ここは病院だよ。とはいっても知り合いの町医者がやっている古ぼけたとこだから、診療所って言ったほうが正しいんだけど」

悠の疑問をすくい上げるように、そう言ってにこっと笑った彼は『俺は沢渡笙《さわたりしょう》といいます。よろしく』と不思議な色をした虹彩でこちらを見つめてきた。

モデルだと言われても頷けるような顔に、じっと見つめられて思わず息をつめる。

「沢渡…さん…?」

「そう。で、君を引っかけたこっちのデカいのが八木荘志《やぎそうし》ね。ほら荘志。お前、ちゃんとこの子に謝りな」

……さっきの人だ。

転倒したバイクに乗っていた男だった。黒い革のジャケットはすでに脱いだのか、長袖のTシャツに、古ぼけたジーンズ姿の男が、沢渡の背後からこちらを覗き込むように見下ろしている。

隣の沢渡と比べても、彼はかなり背が高かった。がっしりと引き締まった体躯で上から見下ろされると、威圧感につい身を竦ませてしまいそうになる。

思わず悠が顔を強ばらせると、荘志と呼ばれた男はあからさまにむっとした様子で眉を寄せた。

「なんで俺が謝らないといけねぇんだよ」

「お前ね。人を轢《ひ》いといて謝らないなんていうのは、最低な人間のすることだぞ?」

「だから…っ、俺は別に轢いてねぇっつってんだろうが!」

沢渡の言葉にますます顔をしかめた荘志は、ちっと舌打ちすると、まだ少し濡れている前髪をがしがしとかき上げた。

「それどころか、赤信号を無視して飛び出してきたのはそこのガキのほうだっつーの。なのに人の血を見たぐらいで失神しやがって。おかげでこっちはコイツの身体を支えるだけでも大変だったんだ。……だいたい、なんで腕を裂かれた俺がピンピンしてて、どこも怪我してねぇコイツが倒れてんだよ」

「あー…。まぁ、確かにあれはちょっと大変そうだったけどねぇ。いきなり人を呼びつけたと思ったら、スリガネですり下ろしたみたいなスプラッタな腕で誰かを必死に抱きかかえてるから、何事かと思ったよ」

あっけらかんとした沢渡の言葉に、先ほどの赤黒く擦れていた傷や血の色を思い出し、再びざっと血の気が引くのを感じる。

「沢渡。それ以上は黙ってろ。そこのガキにまた倒れられたらかなわねぇからな」

悠の顔色が青白くなったことに気づいたのか、荘志は沢渡の言葉を遮ると、こちらにぐいと一歩踏み出してきた。

「おい」

「……な、なに」

どうしてそう一々、えらそうに人を見下ろしてくるのか。

引き結ばれた口元や、すっと通った鼻筋。形のいい眉も含めて、荘志はずいぶんと女性からもてはやされそうな凛々しい容貌をしていた。

それに野性的な漆黒の瞳や、長身に見合ったがっしりとした体格など、そこに立っているだけで妙な存在感がある。

――――自分とはまるで違う。

母親譲りの柔らかな猫毛に、つり上がった大きな瞳。どれだけ食べてもそう太らず、十七になった今でもおよそ男らしいという形容詞からかけ離れている悠からみれば、荘志のような男はそこに立っているだけで、ささやかなコンプレックスを刺激されずにはいられないタイプの人間だった。

だが自分とはまったく真逆のタイプの人間を前にして、気にくわないと感じたのはどうやら悠だけではなかったらしい。

荘志は悠の金に近いほど脱色してある髪や、左耳に二つ、右耳に一つ並んだ銀のピアスなどをじろじろと無遠慮に眺めると、どこか小馬鹿にしたように目を細めた。

「お前、名前は？　家はどこなんだ」

不遜なその物言いに、ムッとする。

こちらを見下ろす黒い瞳は眼光鋭く、まるで獣のようだ。その体格に比例しているのかもしれないが、尋ねてくる声がやたら低くて大きいのも気分が悪かった。

「……なんで俺が、アンタにそんなこと教えなきゃいけないわけ？」

「いいからさっさと言え。クソガキ」

「絶対、嫌だね。第一、どうしてそんなこと聞きたがるんだよ、オッサン」

オッサンと口にした途端、男のこめかみのあたりがピクリと引きつるのが見えた。

「…んだと？　お前な。こっちが下手に出てればいい気になるなよ」

相手をねじ伏せるみたいな力強い視線には負けたくなくて、その目をキッと睨み返してやる。絶対に言うものかときつく唇を引き結んだ瞬間、なぜか荘志の隣から『ぶふっ』と緊張感のない笑い声が響いた。

見れば、沢渡が口元を押さえている。

「いや…ごめん。これでもコイツはまだ二十代なんだけどね。君みたいな若い子からみたら、確かに俺たちみたいなのは十分オッサンだよねぇ」

「え…、あ…いや。別に……そういうわけじゃ…」

そんな風にふわりとした笑みを浮かべられると、途端に申し訳ない気持ちが込み上げてくる。

沢渡と荘志では、沢渡のほうが落ち着いている分、多分、荘志よりも一つか二つぐらい年上のように見える。荘志をオッサンと罵《ののし》ることは、ひいてはその隣の沢渡も含まれてしまうことに改めて気づき、悠は小さく唇を噛んだ。

クソガキと頭ごなしに呼ばれることにムカついて、つい言い返してしまったのだが、沢渡のような綺麗な男を捕まえてオッサンなどとは、到底言えなかった。

「いやいや、大丈夫だから気にしないで。それに君みたいに若くて可愛い子が、いきなり知らない男から名前や住所を聞かれたりしたら、ナンパかなにかかと思って身構えちゃうよね。そりゃ」

「は？　べ…つに、そういうわけじゃ…」

いきなり、なんの話なのか。

だが沢渡は楽しそうに見当外れなことを口にすると、もう一度にっこりと微笑んだ。

それに、なんだか拍子抜けしてしまう。

「君の名前を聞いたのは、一応事故の当事者だから。君の服はかなり汚れちゃってたんで、ここの看護師さんが着替えさせてくれたんだけど、あれって制服だよね？　ってことは君、まだ高校生なんだろう？」

言われて、慌てて胸のあたりをぎゅっと掴んで確かめる。

いつの間に着替えさせられていたのか、悠は家を出るときに着ていたはずの白いワイシャツではなく、ここの病院のものらしい作務衣《さむえ》の上着を長くしたような、術衣を着せられていた。

「こちらとしては未成年を事故に巻き込んでしまったわけだし、できれば君をちゃんと家まで送り届けた上で、親御さんにもきちんとお詫びをさせていただきたいと思ってるんだけど…」

だが続いた沢渡の言葉に、悠はギクリと身を強ばらせた。

「それに君が倒れちゃってたから、俺が車でここまで連れてきたけど。本来なら人身事故を起こしたら、その場で警察に届け出ないといけないんだよ」

「…いい」

「え？」

「そんなことしなくていいって言ったんです。俺、別にどこにもケガとかしてねーし。親への挨拶とか、警察とかもいらないんで」

警察まで出されたことに、ぞっとする。

そんな大げさなことになったらと考えただけで、身が竦む気がした。

このままここにいたら、否が応でも通報されてしまいそうだ。それだけは避けたいと、悠は慌ててベッドの上で向きを変えた。

「そういうわけにはいかないよ。それにまだ寝てないと、君の点滴も終わってないことだし…」

「平気です。俺の服、返してくれませんか？」

「あー…と。申し訳ないんだけど、君の服は汚れてたから今ランドリーに持っていってるんだ。だからもう少しだけここで休んで…」

「ちょっとぐらい濡れてても俺は構いませんから。それ、どこにありますか？」

「いや、……うーん、困ったなぁ。そんなに焦らなくても」

「いいんじゃねぇの？」

それまで沢渡と悠のやりとりを見ていた荘志が、ふいに横から面倒くさそうに口を挟んできた。

「本人が帰りたいって言ってんだから、とっとと帰せば。こっちとしても血を見たくらいでひっくり返るようなお子様には、さっさと帰ってもらったほうが余計な面倒もねぇし」

言いながら、鼻先でフンと笑った男にカチンとくる。

だが睨み付けるように視線を向けた途端、悠は荘志の左腕に大きく巻かれている白い包帯に気付いて、はっと目を見開いた。

……そうだ。彼の腕は一体どうなったのだろうか。

すでに処置は済んでいるのか、腕には包帯が巻かれていて傷の具合は確認できなかったが、目が覚める前に二人がなにやら話していたのをうっすらと思い出す。

「もしかして、そこ……、縫った…んですか？」

「はあ？」

「腕のとこ…」

悠の言葉に顔をしかめながらも、荘志は『ああ、これか』と白く巻かれた腕を軽く振った。

「それこそお前には関係ねぇ話だな」

「そんな…。俺が、急に道へ飛び出したせいでそうなったなら、俺の責任だし…」

「へぇ？　一応その自覚はあるのか。ならこれに懲りて、もう二度とふらふら車道へ飛び出すような真似はすんじゃねぇよ。赤は止まれってことぐらい、小学生だって知ってる。分かったなら、ガキはとっととおうちへ帰りな」

言うだけ言うと、荘志はこれで話は終わりだと言いたげに背を向けた。

そのまま部屋から出ていってしまう気配を感じて、悠は慌てて『あの…っ』と声を上げる。

荘志は『なんだ？』と振り向いたが、悠もなにが言いたくて彼を呼び止めたのか、いまいちよく分かっていなかった。

だが、このままでいいわけがない。それだけは分かっていた。

「……治療費、俺が払います」

とりあえず、思いついたことを口にする。

たとえ荘志がどんなに苦手なタイプの人間だったとしても、自分が迷惑をかけたことは間違いないのだ。

ここは素直に詫びた上で、改めて彼にどう償えばいいのかを考えなければならなかった。

だが悠からの申し出に、荘志は『はぁ？』と訝しげに眉を寄せると、こちらを見下ろすようにして鼻を鳴らした。

「ガキにそんなもん、払ってもらうつもりはねーよ」

素っ気ない返事にまた腹の底でじわりとした熱のような怒りを感じたが、悠はぎゅっと指先を握りしめると、もう一度、今度はその目を睨み返すようにして口を開いた。

「俺に払わせてください」

「あのなぁ…。お前みたいなガキのどこにそんな金があるんだ？　第一、これは俺が勝手にこけて作った傷で、お前にはなんの関係もない話だろうが」

「関係なくなんかないだろ！　アンタだって、さっきお前が急に飛び出してきたせいだって言ってたじゃないか。それをいちいち、ガキガキって…」

「事実だろ」

「ああ、こちとら平成生まれなもんで若くてすみませんね。でも俺がガキなら、アンタは昭和育ちの頭の固いオッサンじゃねーかっ！」

ハッとしたのは、そう思いきり怒鳴り返してしまったあとからだ。

……やってしまった。

これでは謝るどころの話ではない。

シンと静まり返った部屋の中で、自分の失態に歯がみする。まさか怒鳴り返されるとは思っていなかったのか、荘志も唖然として口を開けていた。

だが緊迫した部屋の空気をまたもぶち壊してくれたのは、それまで隣でことの成り行きを見守っていたらしい、モデルのような美しい顔をした男だった。

「ぶ……く…くくくく…っ。あっはははははははは」

初め顔をそらすようにして肩を震わせていた沢渡は、やがて堪えきれなくなったのか、思いきり噴き出したあと、バンバンと自分の膝を叩きながら大声で笑いだした。

もしかしたら顔に似合わず笑い上戸なのかもしれないが、そこまで遠慮なく笑われると、さすがに気まずい。

「荘志、お前の負けじゃない？」

ひとしきり笑い転げたあと、沢渡は目尻に浮かんだ涙を指先で拭い、『あー…楽しい。君、可愛い見た目に反してなかなか言うねぇ』と呟いた。

「うん。荘志の怪我に関して、君が深く責任を感じているその気持ちはよーく分かったよ」

そうして、今度は優しい顔でにっこりと微笑む。

「その上で聞くんだけどさ、君はまだ学生さんだよね？　荘志じゃないけど、それでどうやって彼の医療費を工面するつもりかな？　もしかして、ご両親にでも立て替えてもらう予定？」

「それは……すみません」

できない相談だと、のろのろと首を振る。

だが、確かに沢渡の指摘どおりだった。

自分名義の貯金なら少しくらいはあるが、それも学生の身ではたかが知れている。

バイトでもしていればまた違ったのだろうが、残念ながら悠はバイトをしていなかった。というよりも禁じられていたため、したことがないといったほうが正しい。

だからといって、あの家に援助を求めるなど、以《もっ》ての外だ。

――自分がしでかしたことなのに、自分でその責任すらとれない…。

どんなにえらそうに粋がってみたところで、目の前の男が『未成年のクソガキ』と指摘していたとおり、自分はなんの力もないただの子供でしかないのだ。

そのことを改めて突きつけられたような気がして、きゅっと唇を噛みしめる。

そうしてしばらく俯いていたが、悠はベッドの上で膝を正すと、荘志にくるりと向き直った。

「迷惑をかけて……本当にすみませんでした」

膝に手をつき、頭を垂れる。

本来なら最初からこうするのが筋だったはずだ。

なのにこちらをガキだと見下す態度が気に入らない、背格好が苦手だからと、ただそれだけの理由で突っかかるような態度を取ってしまっていた。そのことを反省し、改めて謝罪の言葉を口にすると、荘志はどこか気まずそうな顔をしてむっつりと眉を寄せた。

「その上でお願いがあります。治療費やバイクの修理代を、できたら分割にしてもらえませんか？　……このことで、家には頼りたくないんです。俺は確かにまだ学生ですが、来年の春には卒業して就職する予定ですし、そしたらちゃんと働いてお返しします。時間はかかるだろうし、勝手なこと言ってるのは自分でも十分に分かってるつもりです。でも……できればそうさせてください」

たとえ何年かかってしまったとしても、せめて自分でできる精一杯の責任をとりたくて『お願いしますっ』ともう一度頭を深く下げると、ふぅと横から小さな溜め息を吐く音が聞こえた。

「あのね。バイクについては君が気にすることじゃないから、安心していいよ。荘志も保険ぐらいは入ってるだろうし。もともと雨の日にバイクには乗るなって釘を刺してあったのに、無視して乗ってたほうも悪いしね。それに荘志も言ってるとおり、転んだのは荘志自身の運転ミスでもある」

むっつりと黙り込んだままの荘志に代わって、先に口を開いたのは隣にいた沢渡だった。

「それでね……ちょっと考えてみたんだけど。どうかな？　もし君がどうしても荘志の怪我に責任を感じるっていうなら、しばらくうちで荘志の助手として働いてみるってのは…」

「おい！　沢渡」

突然の申し出に『え？』と顔を上げる。

だが沢渡の言葉に驚いたのは、悠だけではなかったらしい。隣にいた荘志まで、なぜか慌てた顔で沢渡を睨み付けていた。

「これって結構いい考えだと思わない？　今ちょうどバイトの子が一人抜けちゃって、人手不足だったところだし」

「そんなこと、お前が勝手に決めるな」

「なんでさ。オーナーの俺が決めないで誰が決めるんだよ。第一、お前こそそんな腕でちゃんと仕事できるの？」

「水に濡らさなきゃ、別になんとでもなる」

「お前ね……自分の仕事をなんだと思ってるわけ？」

二人の会話の意図が読めない。

なにやら自分の処遇について話し合っているようではあったが、それがどういった類のものなのか、まったく想像がつかなかった。

「あの…、働くって…」

「あ……うちの店の話なんだけどね。これでもイタリアン系の飲食店をやってるんだ。昼はランチとコーヒー、夜はダイニングバーがメインでね。小さい店だけど、彼はそこのメインシェフです」

「シェフ…」

驚いた。こんなごつそうな男が、エプロンをつけて料理を作っている姿なんて、想像できない。

さきほど着ていた黒の革ジャンといい、立派な体格といい、なにか力仕事をしているとでも言われたほうがよっぽど理解できる気がする。

それに沢渡が、この若さで店一軒のオーナーだというのも驚きだった。

「こんなド素人を入れたところで、なんになるっていうんだよ」

そう苦々しく呟いた荘志に対し、沢渡は『皿洗いぐらいはできるんじゃない？　猫の手も借りたいとはよく言うだろ』とおどけてみせた。

「第一さ、十二針も縫ったばかりで使い物にならないお前の腕より、ずっと役に立つとは思うけど？」

それを耳にした途端、悠はぐらりと目の前が暗くなるのを感じた。

――十二針…。

あれだけの出血だったのだ。かなり傷は深いかもしれないとは思っていたが、そんなにも縫う羽目になっていたのかと、想像しただけでぶるりと肌が震える。

「…やります」

悠は膝の上でぐっと手のひらを握りしめると、思わずそう口を開いた。

「え？」

「ケガのせいで、仕事になりそうにないんですよね。なら、俺がその腕の代わりをしますから。やらせてください」

「お前な…。簡単にやるとか言うんじゃねぇよ。お前みたいなガキが、俺の腕の代わりになんかなるわけがないだろが」

荘志には再び『フン』と鼻先で笑われてしまったが、それでも悠の決意は変わらなかった。

「たとえ代わりにならなかったとしても、できることならなんでもやります。皿洗いでも掃除でも、荷物運びでも。……だから俺を雇ってください。お願いします！」

多分、荘志に言ったところで始まらない。

ならば店のオーナーだという沢渡に訴えるしかないと、悠は不機嫌そうに立っている男ではなく、隣の沢渡に向かって深く頭を下げた。

その途端、荘志の眉間に深い皺が刻まれるのが見えたが、そんなものを気にしている場合ではない。

「うん、分かった。じゃあ、契約成立ということで」

そう笑ってくれた沢渡に、ほっと胸を撫で下ろす。

荘志は『おい…』と苦い顔をしていたが、オーナーに逆らえるほどの権利はなかったのか、その後しぶしぶといった様子で黙り込んだ。

「それと、君の名前教えてくれる？」

「……東雲《しののめ》、です。東雲悠」

「東雲君ね。これからよろしく」

差し出された右手に面食らいながらも、そっと握り返す。

その後ろで『…クソ。勝手にしろ』とぼやく男の声が小さく響いた。


暗い玄関先に足を踏み入れた途端、きし…とかすかな音が鳴った。

それにどきりとして足を止める。

恐る恐る手を伸ばしてスイッチを入れると、ぱっと部屋の中が明るくなり、蛍光灯が六畳の小さな部屋を照らしだした。

玄関から続く小さな流し台に、冷蔵庫。それから洗面所とトイレの付いたこの古い離れが、悠の生活の全てだ。

——誰もいない。

そのことにほっと息を吐きながら、悠は濡れた靴を脱ぐと、羽織っていた黒のパーカーから袖を抜いた。

かなりだぼつくサイズのそれは、帰り際に沢渡から『これ、よければ着てって』とビニール傘とともに渡されたものだ。出会ったばかりの相手から服を借りるのは気が引けたのだが、そうじゃなければ家まで送っていくよと言われ、半ば強引に着せられてしまった。

確かにこの雨の中では、シャツ一枚では寒さをしのげなかったに違いない。それを思えばありがたかった。

……洗って返そう。

そう思いながらシャツを脱いでいた悠は、洗面台の鏡に映っている自分の姿を目にして、ぎくりと身体を強ばらせた。

肋《あばら》の浮いた貧弱な上半身。その肩にはまだらのような模様が浮いているのが見える。

それだけでも十分薄気味悪いというのに、鎖骨のあたりにはなにかに噛みつかれたような赤い歯形まであるのに気づいて、ぞわっと皮膚が粟立った。

手のひらがねっとりと汗ばむような、薄暗い負の記憶。それに全身の血が下がるのを感じる。

堪えきれずうすっぺらい身体から目をそらしたとき、トントンと玄関の扉を叩く人の気配がした。

「悠ちゃん？　帰ってきてるの？」

ちょっと神経質そうなその声は、伯母の好子《よしこ》のものだ。

隣にある母屋《おもや》の電気はとっくに消えていたため、もう寝入ったものだと思っていたが、どうやら伯母はまだ起きていたらしい。

「……ちょっと待ってください」

慌てて服を羽織りなおして、玄関へ向かう。

悠がいるこの小さな離れは、もともとは隠居していた祖母が使っていたもので、母屋の西側に建てられている。家自体は繋がっていないが、母屋の裏口と離れの玄関はすぐ目と鼻の先だ。

慌てて玄関の扉を開けると、パジャマの上に品のいいシルクのガウンを羽織った伯母が立っていた。

「…どうかしましたか？」

いつもならこの時間はすでに寝入っているはずなのに、わざわざ悠の帰宅に合わせて起きだしてきたのだとしたら、多分、なにか言いたいことがあって離れまでやってきたに違いなかった。

「悠ちゃん……今日の夕方から、どこかへ出かけてた？」

案の定、こちらを探るような視線を向けられて、それにヒヤリとしたものが背を伝う。

「今日、久しぶりに英和《ひでかず》が社員寮から戻って来てたのよ。せっかくだからたまにはあなたも一緒にうちで夕食をどうかと思って、離れまで誘いにいかせたんだけど……」

『会わなかった？』と尋ねてくる伯母に、悠は首を振った。

「さぁ…すみません。学校から戻ってからちょっと昼寝してましたし。そのあとは明日使う教材があったのを思い出して、買い物に出てたので」

まさか、外で事故に遭っていたなどと話せるわけもない。

仕方なく適当な話で誤魔化すと、伯母はなにか物言いたげな顔をして『そう…』と俯いた。

「ねぇ、悠ちゃん。最近……あの子からなにか話を聞いてない？」

「なにかって、なんの話ですか？」

尋ね返しながらも、伯母がなにを心配しているのかはなんとなく想像がついた。

今年の春から働き始めたばかりの英和は、どうやら職場の上司とうまくいっていないらしく、そのせいで会社も休みがちになっているらしい。

先日、母屋の前を通りかかったとき、伯父が『社会人にもなって、アイツは一体なにをしてるんだ』と怒鳴り散らしているのを耳にしたばかりだ。

そんな夫に対し、伯母は『英和は根が優しくてナイーブな子なのに、成績重視の営業なんかに回されて大変なんです。あなたももう少し優しく見守ってあげてください』と必死で宥めていたが、残念ながらプライドばかりが山のように高いあの従兄が、誰かに優しくしている姿など、悠はついぞ目にしたことがなかった。

だが伯母からみれば、いくつになっても我が子は可愛くて仕方がないらしい。

あれからどうなったのかは知らないが、伯母のこの様子から察するに、状況はあまり変わっていないのかもしれなかった。

それでもまだ一介の学生でしかない悠に、英和が会社のことについて相談するはずなどないことくらい、伯母だって分かりそうなものだろうに。

そんな悠の心の声が聞こえたのか、伯母は『……そう。ならいいのよ』と小さな溜め息を吐いた。

「最近、あなたたちあんまり一緒に遊んだりしないのね。子供の頃は二人でよく話したりして、仲も良かったのに」

「……社会人の英和さんと学生の俺とじゃ、生活環境とか会話の内容も違いますしね」

そんな話はしたくなかった。

わざと切り上げるように素っ気なく言い捨てると、伯母は『……そうね。男の子なんて、そんなものかもしれないわね』ともう一つ、溜め息を吐いた。

「それはそうと、悠ちゃんもこのところ、なんだか帰りが遅くない？　うちのパパも心配していたけれど……」

「伯父さんが、俺のことなんか気にするとは思えないんですけど」

伯母には悪いが、思わず喉の奥がくっと鳴る。

悠の伯父の秀典《ひでのり》は、大手証券会社の支店長をしており、いつも遅くまで仕事だ接待だと走り回っている。彼の頭の中にあるのは昔から、今日の平均株価は上がるのか下がるのか、外貨の見通しはどうなのか、そんなことばかりだった。

「まぁ確かに本家の立派な長男と違って、出来の悪い甥っ子がふらふらしてたら、外聞も悪いでしょうけどね」

「悠ちゃん…」

わざと露悪的に己の現状を口にすると、神経質そうな細い眉が悲しげに寄せられる。

それに苦いものを感じて、悠はきゅっと唇を噛みしめた。

我が子びいきなところはあるものの、伯母のことは決して嫌いではない。

祖母が亡くなったあと、海外に行ったまま戻ってこない母に代わり、悠を気にして声をかけたり、よく差し入れなんかもしてくれる人だった。

彼女を悲しませるつもりはない。

「……すみません。もういいですか？　伯母さんもいつまでもこんなとこにいたら、風邪ひきますよ」

「ああ…そうね」

「あ、それから俺、しばらく放課後にバイトすることになったんで。帰りの時間のことはあまり気にしないでください」

「バイト？」

「はい。知り合いのレストランなんですけど。急にバイトがやめちゃって、人手が足りてないらしくて」

嘘ではなかった。……正確な話でもなかったが。

それを告げた途端、伯母の眉間がすっと顰められるのが見えた。

「それなら……まずはパパに聞いてみないと。高校生がバイトだなんて、なんていうか…」

好子がそう言いだすことは分かっていた。彼女が気にするのはなによりもまず、家長である夫の意見なのだから。

伯父は、子供が学生のうちから外で働くことをよしとしていない。これまで悠にバイトの経験がなかったのもそのせいだ。

特に悠は、伯父にとっては目の上のたんこぶ的存在だ。

出来の悪い妹が、未婚のまま産んで連れ帰ってきた婚外子のやっかい者。

その上、妹自身は我が子である悠を実家の祖母へ預けると、すぐに新たな恋人との結婚を決め、夫の転勤に連れ添って海外へ行ってしまった。

残されたのは年老いた母と、まだ小学生だった悠一人きり。

それだけでも頭痛の種なのだから、これ以上、世間から後ろ指差されるような振る舞いは避けるようにと、伯父には昔から厳しく言い含められてきた。

いまどきバイトぐらい……と思って提案してみたこともあったが、『子供がくだらない真似事をするな！』と一喝されただけで終わってしまった。

伯父にしてみれば、ちゃんと自分が養ってやっているというのに、さらなる小銭を求めて子供が働きに出るなんて、恥以外のなにものでもないということらしい。

「でも悠ちゃん。あなた、今年は受験生でしょう？」

「前から言ってますけど、俺は進学なんかしませんから。だいたい俺の成績で今さらどこを狙うっていうんですか」

悠を頑なに大学へ進学させたがっているのは、伯父ただ一人だ。

息子が大卒なのに、預かった甥っ子が高卒だなんて、伯父にしてみればまるで自分が差別をしたように見られて我慢がならないのかもしれなかったが、そんな理由だけで行きたくもない大学へ行かされるなんてゴメンだった。

悠としては高校卒業と同時に就職して、この家からも離れるつもりでいる。

これ以上、東雲の家のやっかい者として居座るつもりもなかった。

「伯父さんには黙っててください。どうせ言わなきゃバレないでしょうし」

「でも、そういうわけには…」

「言ったところで、伯母さんが『なんで止めなかったんだ』って責められるだけですよ？　短期間だけだし、もし万が一伯父さんにバレることがあったら、伯母さんは知らなかったってことにしておけばいいですから」

好子はしばらく迷った様子で黙り込んでいたが、やがて『じゃあ…明日も学校があるのだし、早くやすみなさいね』とだけ告げ、そそくさと離れから出ていった。

中からしっかり鍵とチェーンをかけたあと、ようやく悠は喉の奥に押しとどめていた息をふぅっと深く吐き出した。

世話になっている身で申し訳ないのだが、伯父夫婦と話すときは、いつもどこか緊張する。

押しつけられた妹の子を、文句を言いつつもずっと育ててくれたくらいだ。基本的に悪い人たちではないし、感謝もしている。

だがよそよそしさの中に含まれた偽善めいた優しさを、悠はどう受け取ればいいのか分からなかった。

それでも大人しく彼等の言葉に従っているのは、それが祖母との唯一の約束だったからだ。高校だけはちゃんと卒業すると。

その祖母も二年前の夏に、突然帰らぬ人となってしまったが。

祖母と二人で暮らしていた頃は、少し手狭に感じていたこの離れも、悠一人では十分過ぎる広さがある。

祖母亡き後、伯父は母屋で自分たちと一緒に暮らすようしつこく言ってきたが、悠の意志が固いことを知ると、しぶしぶ折れた。以来、悠はここで一人で生活している。

すきま風が入り込む少し古びた離れではあったが、ここには祖母との思い出が詰まっていたし、あんな息苦しい家の中で暮らすより、よっぽど楽に呼吸ができる気がする。

海外の母からはときおり絵ハガキなどが届いていたが、それも悠が大きくなるにつれて減っていき、今では誕生日やクリスマスに簡単なメールがある程度だ。

少しの寂しさはある。だがそれにももう慣れてしまった。

もともと物心ついたときから、母や祖母と二人きりの生活だったのだ。それが二人から一人に変わっただけの話で。

部屋の隅に置かれた古いテレビのスイッチを入れると、途端にバラエティ番組の賑やかしい笑い声が流れだした。それにほっとする。

特別、なにか観たい番組があってつけているわけではない。ただ画面から流れる音を耳にすると気分が落ち着くため、部屋にいるときはたいていテレビがつけっぱなしになっていた。

外ではまだ、しとしとと雨が降り続いている。

部屋に溢れていく音を聞くとはなしに流しながら、悠は静かに目を閉じた。


「三番、スープがまだ出てません！」

「次の窯《かま》、あと三十秒であがります」

激しい声が、調理場に響き渡る。

「おい、そこのクソガキ！　窯があがる前に皿を出しとけって言っといただろう！」

皿を洗い場まで運んでいた悠は、流しの向こうから低く怒鳴られて、はっと身を竦ませた。

「はい、いますぐ！」

夕食時の調理場は、まるで戦場である。

温められたメイン皿を順に取り出し、決められた料理の順にカウンターに並べていくと、すかさず荘志が赤と黄色のソースを盛りつけ、スプーンで綺麗な渦を描いた。

その中央に焼かれたばかりのハーブチキンが載せられる。小麦色の皮からぷちぷちとした油を飛ばしている肉に、さっと切れ目を入れた途端、中から黄金色の肉汁が溢れ出すのが美しかった。

そこにサブの鳥井《とりい》が付け合わせのサラダ菜とポテトのソテーを飾ると、『二番ハーブ、あがりました』との声が響き渡る。

「シェフ。今日ってまだクリームのパスタ、生でいけますか？」

「生のストックがもうねぇよ。しばらく打ち止めって言っとけ。代わりにイモのニョッキならいける」

「了解です」

荘志の言葉に合わせ、鳥井をはじめとした厨房の人間も、料理を運ぶホールスタッフたちもテキパキと動いていく。まるで工場の分担作業のようにその流れはよどみがなく、止まることがない。

沢渡との約束を果たすため、事故の次の日、悠は高校の授業が終わるとまっすぐに店へ向かった。

沢渡は『本当に小さな店だから』と謙遜《けんそん》していたが、それがとんでもない間違いだと知ったのは、実際に店へ着いてみてからだ。大きなビルの一階に入っている『ベル・ジャルディーノ』という名をもつその店は、店内の敷地こそそう広くはないものの、本格的なカフェやイタリア料理を楽しめる立派な店だった。

昼は通りに面したガラスの向こうにテラスが広がり、バリスタの淹れたエスプレッソやカプチーノを楽しめるし、夜にはそこに美味しい酒と料理が加わる。

ランプで飾られた店内は、落ち着きある重厚な雰囲気に包まれ、本当にイタリアのバールにいるような、大人向けの趣向が凝らされていた。

あとから聞いた話によれば、『ベル・ジャルディーノ』はお洒落で料理も楽しめる本格イタリアンの店として、グルメ雑誌などでも何度か紹介されたことがあるらしい。イタリアで何年も修業してきたという荘志もまた、向こうでは三ツ星レストランを任されていた日本人シェフとして、業界でもかなりの有名人であるようだった。

店内に足を踏み入れた途端、悠は激しく場違いな自分を感じて、今すぐ回れ右をしたくなる気持ちをぐっと堪えた。

……ここで逃げだしたら、なにも始まらない。

約束どおりにやってきた悠を見て、荘志は相変わらずフンと鼻を鳴らしたものの、追い返そうとはしなかった。

沢渡はスタッフへ紹介してくれたあと『ごめん。これからちょっと予定があるんだ。あとは荘志に聞いてね』と慌ただしく出ていってしまったが、彼が笑って『よく来たね』と出迎えてくれただけでも、腹をくくる気になれた。

とはいえ、これまでろくにバイトの経験すらない悠は、こういうとき自分がどう動けばいいのかよく分からなかった。

ともかく指示どおり、荘志の代わりとなって皿を用意し、オーブンを開け、調理器具を移動させていく。

なによりきついのが、パスタ鍋を持ち上げるときだ。寸胴の大鍋は湯がたっぷり張ってある分かなり重たく、湯を張り替えるたびに流しへ持ち上げるのも一苦労だった。

鍋を持ってよたよたしているうちに『遅い！　どけ！』と怒鳴り散らされたり、邪魔扱いされることも少なくはなかったが、悠は荘志の行動一つ一つに目を配り、次に彼がなにをするつもりなのか、入ってきたオーダーにあわせてどうすればいいのか、自分なりに順序を決めて動くように心がけた。

使えない左手や、慣れない悠の動きのために、荘志はイライラがかなり募っているようだったが、それでも彼の作り出す料理はどれもこれも美味しそうで、見た目にも美しかった。

おかげで店はいつでも満席だ。酒より料理を目当てに通ってくる女性客も多いのか、数人でやってきてはコースを頼む人もたえない。

九時を過ぎる頃にはようやく少し落ち着きを見せ始めたが、今度はつまみを肴に長く飲む客が集まり始める。

高校生の悠はどんなに遅くとも九時半頃にはあがるように命じられていたため、あとは遅番で入ってくる大学生たちにその場を譲ったが、荘志のほうはまだまだ手がすかないようだった。

ときおり邪魔そうに白い包帯の巻かれた腕を振っているのを目にすると、さすがに心苦しさを覚える。

本人は至って平気そうな顔をしていたが、やはり痛みもあるのだろう。

沢渡がこっそり『あの頑固者は言わないだろうけど、熱が出るかもしれないってお医者さんが言ってたから、調子が悪そうだったら教えてね』と言っていたが、そんなものを自分がどう判断できるというのか。

帰り際に一度『あの……腕、へーきですか?』と横から声をかけてみたものの、荘志はジロリと睨んだだけで、こちらを振り向きもしなかった。

仕方なく厨房に挨拶をし、奥の控え室へ向かう。

控え室の扉を開けると、それまでなにやら談笑しながら休憩していたらしい二人組のバイトが、ピタリと会話をやめた。

悠と目が合った瞬間、気まずそうに視線をそらした彼女たちは、最初に沢渡から紹介されたときから、なにやら妙に物言いたげだったことを思い出す。

見るからにガラの悪い高校生が、なぜこの大人びた静かな店に？　と不思議に思っているのだろう。

店の雰囲気にそぐわないことは、悠自身自覚している。

だが、もはやそうした周囲の反応にも慣れてしまっている悠は、軽く一礼すると、すたすたと鞄や制服の上着がしまってあるロッカーへと歩きだした。

「ええっと、君……東雲君だっけ。よければ君も食べてく？」

確か、ホールスタッフの御崎という名の若い女性だった。短大二年生で就職活動も終えているという彼女は、バイトの中でも古株で、なにかあったら彼女に質問するといいよと、沢渡からも聞かされている。

御崎が言いながら差し出してきたのは、大きめにざくざくと切られたバゲットがいくつか並べられた皿だった。

「ここの賄い、すごい美味しいんだよ。メニューにのってない料理とかもときどき出してくれるし」

半分に切られたバゲットからは、綺麗な色のサラダ菜やたっぷりと入ったスモークサーモン、それからアボガドにスライスされたタマネギ、トマトなどが挟まっているのが見える。その横では本日のスープとして客にも出されていたミネストローネが、カップの中であつあつの湯気を立てていた。

それを横目に眺めながらも、悠は小さく首を振った。

「俺はいいです。もう帰るよう言われてるんで」

悠の素っ気ない返事に『そうなんだ？　じゃあ、お疲れ様』と答えながらも、二人は目に見えてほっとした表情を浮かべた。

突然やってきた高校生バイトに、どう接すればいいのか分かりかねていたに違いない。それでもオーナーから頼まれた以上、放ってはおけないし……という彼女たちの心境が、なんだか手に取るように分かる気がした。

「お疲れ様でした」

荷物を片付けると、悠は手短に挨拶だけしてそそくさと控え室をあとにした。

……たしかに、美味そうだったけど。

あのバゲットを食べてみたくなかったと言えば、嘘になる。

バゲットからはみ出したサーモンも、トマトのスライスも、ひどく美味しそうに見えた。今日一日彼と働いてみて分かったのは、荘志の作る料理はどれも食欲をそそるモノばかりということだ。

彼が優秀なシェフであるのは、どうやら本当の話らしい。

だが自分は、御崎たちのように正式なバイトとして雇われているわけではない。これ以上、余計な手間をかけさせるつもりはなかった。

外に出た途端、秋の風が首筋を駆け抜けていく。それにふるりと身を竦ませた悠は、すっかり星の出た夜空を見上げて『さて…どうするかな』と小さく呟いた。

時計を見れば、まだ九時半になる少し前といったところだ。

――家に帰るには、まだ早すぎる。

あの店でもう少し働かせてもらえたらよかったのだが、沢渡からは遅くとも九時半前までにはあがるようにと言い含められてしまっていたため、それ以上の長居はできそうもなかった。

「なんか食ってくか…」

さきほど、美味しそうなバゲットを目にしたせいだろうか。

なんだか無性にサンドイッチが食べたくなって、悠は首を縮めながら駅前へと足早で歩き始めた。


都会の夜は、十時を過ぎても明るい。

駅前近くのファストフード店の端っこに座った悠は、窓の外をゆく人の流れをぼんやりと横目で眺めていた。

テーブルの上には、広げたまま進んでいないテキストとルーズリーフ。それからすっかり冷めたポテトとハンバーガー、色も味も濃すぎるスープがトレーに載っていた。

いつも食べているはずのものなのに、既製品の匂いのするハンバーガーになぜか妙にがっかりしてしまい、半分食べたところで手は止まっていた。

それでも店の中は暖かいし、なにより明るい。そのことにほっとする。

「……てっ」

テーブルに手をついた途端、ビリッとした痛みが走り抜ける。

顔をしかめながらシャツを肘の上までまくると、痛みの原因に気付いてこっそり溜め息を吐いた。

二の腕の内側のちょうど肘の下あたりに、十センチぐらいの赤いみみず腫れのような痕が、二、三本走っている。

調理場に備え付けられたオーブンは、幅1メートルほどの大きな鉄板が入っていて、荘志の指示に合わせて鍋掴みで出し入れするのだが、その際に何度か触れてしまったようだ。

確かに熱く焼けた鉄板のふちに触れるたび、チリっとした痛みが走ってはいたが、取り出した料理を落とすまいと気を張っていて、それどころではなかった。

これって、冷やせばいいんだろうか。

今さら冷やしたところで意味のない気もしたが、真っ赤に腫れた皮膚は見ていて気持ちのいいものではない。

だが洗面所にまで冷やしにいく気力も湧かず、傷に触れぬよう額に手のひらをあてて机に突っ伏すと、途端にどっと疲れが込み上げてきた。

――正直な話、すごく疲れた。

初めてのバイトの上、あの男の元で働くのだ。緊張していたということもあったが、料理を作る作業がこんなにも重労働だとは思わなかった。

立ちっぱなしで何度も重たい寸胴鍋や鉄板を上げたり下ろしたりしていたせいで、肩から腕はガクガクしているし、足も棒のようになっている。

最初は荘志のような無骨な男がシェフだなんてと驚いたものだが、今ならば体力勝負だというのがよく分かる気がした。大鍋を片手でひょいと持ち上げるには、あの筋肉は必要不可欠なものらしい。

――自分でも少しは、役に立てたんだろうか？

やる気だけはあるものの、いきなりズブの素人の自分が入ったところで、厨房がうまくまわるわけもない。流しのそばで料理を持ったスタッフとぶつかりそうになって舌打ちされたり、指示された皿とは違うものを用意して『なにやってる！』と叱られたりもした。

どう見ても、今日一日、あまりまともな出来だったとは言い難い。

……仕方がない。明日また頑張るしかないか。

現在はサブの鳥井に主な調理を任せているとはいえ、荘志は店の中心的存在である。彼の仕事が少しでもスムーズに進むよう、自分も効率よく動かなければ。

そう決めて顔を上げたとき、悠はふとガラスの向こうでただ一人、流れていく人波には乗らずにいる男の姿に気が付いた。

「……あ?」

よく見れば、それは先ほど店で別れたはずの荘志だった。

買い出しの途中なのだろうか。いつものように不機嫌そうに眉を寄せた男は、手に大きな紙袋をぶら下げたまま、こちらをじっと見つめている。

悠と目が合ったことを感じると、荘志はなぜかズカズカと店内まで足を踏み入れてきた。それにまたぎょっとする。

まさか、荘志もハンバーガーを食べにきたのだろうか?

だが荘志はレジのあるカウンターには目もくれずに、長い足で店内を横切ってくると、悠の前でピタリとその足を止めた。

「あの……お疲れ、さまです」

なにを言うべきか一瞬迷った上、そんな間抜けな挨拶しかできない自分に舌打ちしたくなる。

荘志は気むずかしい顔のまま自分をじっと見下ろすと、『お前、なんでここにいるんだ?』とぼそりと呟いた。

その腹に響くような低音に、心臓がわずかに跳ねる。

「なんで…って、え？　でも俺の勤務時間って、確か九時まででしたよね？」

時間まではちゃんと働いてきたはずだが、なにかいけなかったのだろうか。

訝しげに見上げると、荘志は『そういう意味じゃない』というように、小さく息を吐いた。

「家に帰ったんじゃなかったのか」

「は？　でも別に……まだそんな時間でもないし…」

高校生とはいえ、塾だ習い事だとこの時間、家を空けている者は多い。なのになぜ、荘志がそんな気むずかしい顔をしているのか分からなかった。

「勉強なら家ですりゃいいだろう。ガキはとっとと家に帰れ」

テーブルに広げられていたテキストにちらりと目を向けた荘志は、呆れたように呟きながら、ぴしっと指先でテキストをはじいた。

それにカチンとくる。

「……別にどこでやっても、俺の自由じゃないんですか？」

荘志は自分と会うたび、ガキだなんだと見下してくるが、その言葉に悠は一番ムッと反応してしまう。お前のような子供にはなんの力もないのだと、そう言い切られているような気がして。

——そしてそれは事実、そのとおりだったから。

「可愛くねぇな」

「別にそれでいいです。男が可愛くてもしょうがねーし」

言い返すと、荘志は別段怒りもせず、『まぁ、そりゃそうか』と肩を竦めた。

「で、お前の親はなにしてるんだ？　昨日といい今日といい、こんな時間まで毎日子供がふらふらしててなにも言わないのか」

痛いところを突かれた気がして、唇を噛む。

どうやら荘志は沢渡がよく調べもせず、あの店に自分を雇い入れたことが気に入らないらしい。

身元調査のつもりかなにか知らないが、別に隠すことなどなにもなかった。

「さぁ。言いたくても、なにも言えないいんじゃないですか」

「どういう意味だ？」

「父親の顔なんて生まれてこの方見たことないし、母親も再婚して海外暮らししているもんで。俺は伯父さんの家の離れに居候していますけど、別に一緒に暮らしているわけでもないですしね」

わざと露悪的に自分の状況をぶちまけてやる。

ムッとしたまま荘志を見上げると、案の定、その眉をひょいと上げて訝しげな顔をしていた。

どうせこの場限りの出任せか、同情集めだとでも思われているのだろう。

悠がこの話をすると、その反応は様々だ。金のかかる有名私立高校に通っていながら、両親がいないなどというのは嘘に違いないと頭から疑われるか、『可哀相に』と目を潤ませて手のひらを返したように同情的になるか。

どちらもまっぴらごめんな反応だったが、この際、全てさらけ出してしまったほうが気が楽だった。

もし荘志が嘘と決めてかかるならそれはそれで構わなかったし、妙に同情的な態度を見せたりしたら、余計なお世話だときっぱりはねつけてやる。そう思っていたのだが、荘志の反応はそのどれでもなく、ただ『そうか』と頷いただけだった。

そのさらりとした反応に、悠はきゅっと唇を噛む。

こういうとき、目の前の男との年の差を感じる。普段はクソガキだの、可愛げがないだの悠と同じ目線で言い合ったりするくせに、やはり彼はきちんとした大人の男なのだ。

厨房にいたときは荘志の指示をこなすことに精一杯で、なにを言われても気にならなかったのに、こうして二人きりになると気詰まりな空気が先に立ち、つい口調がきつくなる自分は、やはり荘志のいうとおり、ただの『クソガキ』でしかないのだろう。

「あの…。ともかく今日は……いろいろとすみませんでした。明日は、もう少しまともに動けるよう気をつけます」

気まずい空気に耐えかねて、それだけ言ってペコリと頭を下げる。

「おい」

だがこの場から帰ろうとして、そそくさとテキストを片付け始めた途端、荘志が手にしていた紙袋をドンとテーブルに下ろした。

「なんですか？」

「暇なら、それを持ってこい」

「…は？」

「こんなところでふらふらしてるくらいなら、まだ時間はあるんだろ。ならそれを持ってついてこいって言ったんだ」

言うだけ言うと、返事を待たずにさっさと店を出ていく背中をぽかんと見送る。

——つまり、彼の荷物持ちをしろということだろうか。

「ちょ、ちょっと…」

一方的すぎると焦ってみても、荘志の焦げ茶色のジャケットの袖口からちらちらと包帯が覗いているのを見てしまえば、ぐっと押し黙るしかない。

痛々しい包帯の白さ。それにちりっとした胸の痛みを覚えた悠は、荘志の背を追いかけるようにして、ずっしりと重みのある紙袋を抱えて店を出た。


「あの……どこまで行くんですか？」

足の長さを見せつけるみたいに、急な上り坂をスタスタ歩く荘志の足取りに迷いはない。

だが右手には教科書の入ったバッグ、左手には荘志から渡された紙袋を抱えた悠は、上り坂ということもあって、かなり息が切れかけていた。

「なんだ。たいして歩いてないのに、もうへばったのか？」

「……別に。ただ、どこへ行くつもりなのか聞きたかっただけで…」

ちらとこちらを振り返った荘志の、そのもの言いにカチンとくる。

腕の中の紙袋には、なにが入っているのかは分からないが、かなりの重さがある。

人の行き来が多かった駅前とは異なり、いくつか角を曲がって裏通りに入っただけで、途端に人影もまばらとなった。

「重いなら、こっちによこしな」

その上、子供のおつかいのように手を出されれば、ますますムキになるしかない。

「いいです。怪我人に荷物なんて持たせらんねーし」

きっぱりと言い返すと、悠は坂を登る足を速めた。

荘志に遅れをとるまいと横に並ぶ。隣で男が小さく肩を揺らしたような気がしたが、あえて無視してそのまま先を進んだ。

やがて坂の上にある住宅街の中から、ある一軒の家の前で足を止めた荘志は、門扉を押し開けると、当然のようにその中へと入っていった。

……誰の家だろう?

玄関に明かりがついていなかったために表札は見えなかったが、かなり古ぼけた感じの民家だ。築四十年くらい経っていそうなその家は、都内にもかかわらず、小さな庭にたくさんの木が植えられているのが見えた。

平屋造りというのだろうか。一階だけの木造建築で、玄関には懐かしい感じの引き戸がついている。アルミ格子に磨りガラスがはめ込まれたその扉に、荘志は取り出した鍵を差し込み、ガチャガチャ回したあと、ガラッと引き戸を開けた。

途端に、中からなにやら黒い物体が飛び出してくる。

「わっ!」

ぎょっとした悠は、思わずそばにいた荘志の背後へ身を隠すようにして飛び退いた。

——今のは一体…。

暗くてよく見えなかったが、さらに開いた扉からはもう一つ、こちらをじっと窺っているらしい影が見える。

目を凝らすと、その黒い塊はひどく可愛らしい甲高い声で、『にゃーん』と甘えるような鳴き声を上げた。

「ね、猫?」

先に飛び出してきたのも、白と黒のツートンカラーが綺麗な猫だった。それが荘志の足にこれでもかといわんばかりに身体をすりつけ、ゴロゴロと喉を鳴らしている。

玄関で蹲っていたほうは茶色の綺麗なキジトラ柄で、先に飛び出た猫に続くようにして、のっそりと中から顔を出した。

「小梅《こうめ》、シマさん。ただいま」

荘志は足下にいた黒ブチの猫を右手でひょいと持ち上げると、それを肩に乗せ、大股で玄関先へ入っていった。そのあとを追いかけるように、茶色いシマ猫もタタタと中へ続いていく。

「腹減ったか?」

荘志が玄関の電気をつけながら尋ねると、まるで返事をするみたいに足下のシマ猫が『にゃーん』と一声、それに答えた。

「待たせて悪かったな。今すぐやるから。カツオ缶も買ってきてやったぞ」

その様子を眺めながら、悠はぽかんと目を見開いた。

……もしかして、猫と会話してんの?

そんな馬鹿なと思いつつも、もう一度肩の上に猫を乗せたままの荘志を、まじまじ見つめる。

勝手知ったる様子から見ても、ここは荘志の家なのだろうという予測はついたが、この古くさい一軒家と、バイクにまたがった大柄な男というイメージがどうにも結びつかなくて、ただ呆然と見つめてしまう。

そんな悠に気づいたのか、上がりかまちでこちらを振り向いた荘志が、『なにやってんだ』と声をかけてきた。

「そんなところで突っ立ってないで、さっさと上がってこい」

「は？　いや…でも俺は……」

「時間ならあるんだろ？」

言われて、しぶしぶながらも靴を脱ぐ。

中途半端に仕事を投げだすような人間だと思われるのは癪《しゃく》だったし、ずっと抱えていた荷物をようやく渡せることにほっともしていた。

「どーぞ」

紙袋をテーブルにドンと置いた瞬間、ガチャリという金属音が響き渡る。

その途端、荘志の足下にいたシマ猫がタタッと勢いよく、悠の足下へ走り寄ってきた。

そのまま、すりすりと身体を寄せてきた猫に、思わず硬直してしまう。

「えっ、え？　ちょ…ちょっと？」

「ああ、お前が持ってる袋にエサが入ってってからな。ついでに猫たちにそのエサをやっといてくれ。あ、缶ビールのほうは冷蔵庫な」

「はぁっ？　なんで俺が…」

「エサ皿なら洗面所の脇に置いてある。浅い方が缶詰用。ちゃんと洗ってから、カリカリと缶詰を別の皿に分けて入れろよ。それから、ついでに水もかえといてくれ」

言うだけ言うと、とっとと奥の部屋へ行ってしまった荘志をぽかんと見送る。

……カリカリ？　ってなんだ？

っていうか、どうして俺がそんなことを？

だがすぐに、荘志の使えない左腕の代わりになると言いだしたのは自分であることを思い出し、悠は鞄を下ろすと、手にしていた紙袋を開けて、中身を脇にあったテーブルの上に広げた。

ゴトゴトという音とともに、中からは猫の餌らしき缶詰が数個と、六本入りでまとめられた缶ビール、他にも猫の絵が描かれた二キロ入りのエサの入った紙袋が出てきた。

これ全部が詰まっていたのだから、どうりで重たかったはずである。

「これ、でいいのか？」

指示どおり、洗面所の脇にあった三つの皿を洗面所で洗わせてもらい、そばに置いてあったキッチンペーパーで拭き取ったあと、深めのお皿には猫の絵が描かれた袋のキャットフードを、それから平らな皿には缶詰を一つ開けて横に並べた。

もう一つの皿に、綺麗な水を張り直しているところで、待ちきれなかったらしいシマ猫が、缶詰の入った皿に顔を突っ込むようにして食べ始めた。

そのガツガツとした食べっぷりは、見ていて気持ちがいいほどだ。

シマ猫が食べている背後からこちらを覗き込んでいるのは、さきほど荘志の肩に乗っていた白と黒のツートンカラーのブチ猫だった。

だがシマの食いっぷりに恐れをなしているのか、それとも見慣れない悠がそこにいることで警戒しているのか、ちらちらとシマ猫とエサ皿を交互に気にしながらも、半径1メートル以上は近寄ろうとしない。

「ああ…そっか。ごめん」

慌てて場所を譲ると、ブチ猫は恐る恐るといった様子で、ようやく洗面所のそばに歩み寄ってきた。

かり、かりかりと小気味いい音をさせて食べ始めた猫を眺めているうちに、悠はぷっと小さく噴き出した。

……カリカリって、これのことか。

確かに、かりかりといい音がする。

缶詰をあらかた食べ尽くしたらしいシマ猫は、ぺろぺろと口の周りをその長い舌で舐めとると、今度はブチ猫の食べていた皿に横から顔を突っ込むようにして、カリカリにも口をつけ始めた。

二匹揃ってのかりかり音は、なんだか可愛らしい二重奏を聴いているようで、微笑ましくなる。

今までこんなに近くで猫を観察したことなどなかった悠は、一心不乱にエサを食べ続ける二匹の猫を見つめて、唇をほころばせた。

「おい。そっちのテーブルの上を拭いてくれ」

ふいに背後からかけられた低い声に、びくっとして立ち上がる。

その途端、それまでご飯を食べていたはずのブチ猫はその場で飛び上がると、一目散に奥の和室へと逃げ込んでいってしまった。

「あ…」

どうやら自分の不意な動きが原因で、驚かせてしまったらしい。

それを思うと申し訳なくなる。

「どうした?」

「猫が…」

「ああ、アイツはもともと人見知りなんだ」

「でも、まだぜんぜん食ってなかったのに…」

一緒に驚いたように顔を上げていたシマ猫のほうは、またとっとと皿に顔を戻して食事に励んでいたが、あれでは、ブチ猫の分までなくなってしまうのではないかと、見ていてハラハラしてしまう。

だが猫のエサについて真剣に心配する悠を見て、なぜか面白そうな顔をしている荘志に気づき、悠はむっと唇を引き結んだ。

「……アンタが急に声をかけるから、驚いたんだよ」

「そりゃ悪かったな」

ちっとも悪いとは思っていなさそうな声で謝られても、説得力がない。

だが荘志は構わず手にしていた布を片手でぽいと放り投げると、『それを濡らして、テーブルを拭いとけ』と命令してきた。

なぜ自分がこんなことまで……と思いつつも、荘志の左手に巻かれた白い包帯を目にするたび、なにも言えなくなってしまう。

洗面所で濡らしてきた雑巾で、自分の顔が映りそうなくらいにピカピカに居間の座卓を磨き上げると、今度こそ帰ろうと悠は立ち上がった。

「拭けたか?　ならこっちの皿を運んでくれ」

「……」

もはや荘志になにを言われても驚かないと決め、荘志が顎でくいと指し示した皿を、いま拭き上げたばかりの座卓へと運んでいく。

鶏肉と大根の煮付けに、キャベツやもやしを炒めた餡がたっぷり乗った温豆腐。

それから湯気を立てている椀には、柚や竹の子、わかめの乗ったうどんがよそられている。

これらも、荘志が作ったものだろうか。

店では生ハムとルッコラのピザや、ゴルゴンゾーラチーズとベーコンのトマトパスタなど、本格派のイタリアンばかり目にしていたため、なんだか純和風な料理が並んでいるのがすごく意外な気がした。

それでも、飴色の使い込まれた座卓にはそうした食事がよく似合っている。

昭和の、古き良き食卓そのものといった感じだ。

最後に荘志のものらしき黒い塗り箸と、どこかからか引っ張り出してきたらしい割り箸を手渡され、それをテーブルの対面に並べ終えた悠は、ほっと小さく息を吐きだした。

「……で？　俺はあとなにをすればいいんですか？　ついでに掃除と、洗濯でもしていきましょうか？」

悠自身、それほど家事が得意というわけではないが、一人で暮らしているため、一通りのことはできる。

それに荘志の左腕の代わりをすると宣言した以上、やるだけのことはやるつもりでいた。荘志も当然、こき使うつもりでここまで悠を連れてきたのだろう。

ならばとことん付き合ってやると思って開き直ると、キッチンから戻ってきた荘志は、座卓の前で、悠にむかい顎をしゃくった。

「座れ」

「…はい？」

台詞の意味が分からず、問い返す。だが荘志は構わずに『いただきます』と軽く手を合わせたあと、自分の黒い塗り箸を掴んだ。

「とっとと座って、メシを食えって言ったんだ。聞こえなかったのか？」

その上、至極当然という顔をしてそんな風に問いかけてくるものだから、なおさら混乱してしまう。

「……なんで？」

「なんでって、メシが並んでるのは見りゃわかんだろ。メシは温かいうちに食ったほうがうまいに決まってる」

確かに、見れば分かる。飴色の座卓に湯気の立つ椀や割り箸を並べたのは、悠自身だ。

「あの。これって他の誰かの分なんじゃ…？」

「俺は一人暮らしだ。他に誰が食うんだよ」

ということは、本気で荘志は悠の分まで食事を用意していたということなのか。

急なその態度の変化に、驚きよりも不信感が拭えない。

仕事中、悠がなにか失敗をするたびに注意力散漫なガキだの、お前はバイト一つしたことのない坊ちゃんかと遠慮なく罵っていたというのに、今度は食事を出すなんて。

「そういやお前、店の賄いにも手をつけなかったんだってな？　まさか俺のメシが、大量生産のハンバーガーよりまずそうだとでも？」

「べ、別に…」

そんなつもりで食べなかったわけではない。まさか自分の分まであるとは思わなかったからこそ、躊《ちゅう》躇《ちょ》したのだ。

だがどうやら荘志は、それが気に入らなかったらしい。

悠が慌てて『そういうわけじゃねーけど…』とぼそぼそ呟くと、当然だとでもいうようフンと鼻を鳴らした。

「なら食えよ」

ムキになってそう告げると、自分はもりもりと目の前のご飯を食べ始めてしまった。

それに言葉もなく固まる。

荘志の言っていることは分かる。だがその意味合いがよく理解できなかった。

なぜ、自分はここでこの男の作ったご飯を、向かい合って食べることになっているのだろう。

沢渡に荘志の仕事を手伝うとは約束したものの、そこに食事がついてくるとは言ってなかったのに。

「あの、じゃあ…これっていくらですか？」

「はぁ？　バイトの賄いに金なんかとったことねぇよ」

「でも俺はあの店に、バイトしに行ってるわけじゃねえし。ちゃんと払います」

あくまでも荘志が手が不自由な間、彼の手伝いをしているだけなのだ。しかもそれすらあまり役に立ってないうちから、こんなものをただで出してもらうわけにはいかなかった。

悠がきっぱり首を振ると、荘志はますますその男らしい顔をしかめて、ドスのきいた声を出した。

「お前……、明日もうちの店にくるつもりか？」

当たり前だ。一日ぐらいで音《ね》を上げたなどと思われたくなくて、悠はムッと頷き返した。

「当然だろ。アンタにしたら俺なんか邪魔なだけかもしれないけど、なんと言われても行くつもりだから。

……沢渡さんにもそう約束してるし」

「なら、黙って食え」

「はぁ？」

「これからもうちで働くつもりだって言うなら、ガタガタ言わずにメシを食えって言ったんだ」

「だから、なんでそんな話に…」

「うちの厨房で働く以上、ちょっとしたことでフラフラするようなやわっちろい奴にいられても困るんだよ。それにうちのバイトの賄いは俺が全部作ることになってる。それが嫌なら、今すぐ尻尾を巻いて帰るんだな」

暗に、今日の力不足を当てこすられた気がして、かっと頬を染める。

確かに自分は荘志のように、片手で鍋を持ち上げることすらできなかった。鍋を持つのも、鉄板を上げ下ろしするのも両手でやっとこだったのだ。

なにも言い返せずに唇を噛むと、荘志はこれで話は終わりだと言わんばかりに、再びご飯をかきこみ始めてしまった。

それを見下ろしていた悠も、荘志の前にどっかりと腰を下ろして箸を持つ。

「……いただきます」

つまりこれを食べ終えなければ、悠が働くことを認めてはもらえないということらしい。

――なら、食ってやろうじゃないか。

半ばヤケな気持ちになって、まずは湯気の立っているうどんから箸を伸ばす。

抱えた椀の汁へそっと口をつけた瞬間、悠は小さく目を見開いた。

「おいし…」

認めるのは癪だったが、思わずそう呟いてしまうほど、美味しかった。

簡単な具が乗っただけの薄い色のうどんは、だが食べてみるとすごく奥が深い、澄んだ味がした。これまで悠が食べたことのある既製品とは、まるで違う。

なんの出汁《だし》なんだろうか。かつおや昆布などが入り交じった複雑なスープの合間に、柚の風味が優しく広がっていく。

恐る恐る口にしてみた豆腐も同様で、豚肉と野菜を炒めたらしい餡がほのかに甘く、上に乗ったわさびがピリっと効いているのが食欲をそそった。

柔らかなその温豆腐を口にした途端、なぜか悠は懐かしい記憶を思い出していた。

子供の頃は、海の見える小さなアパートで母と二人きり、よく食卓を囲んだ。

伯父の家に身を寄せるようになってからはそんなこともなくなったが、明日食べるものにさえ苦労していたあの頃は、よく母が甘辛く煮付けた焼き豆腐を、ハンバーグ代わりに作ってくれた。

そしてそれが悠にとっては、なによりのご馳走だったことを思い出す。

こんなにちゃんとしたご飯を食べるのなんて、いつぶりだろ…。

普段、コンビニの弁当やパンなどで簡単に済ましてしまうことがほとんどだったため、湯気の立つ食卓を囲むことじたい、すごく久しぶりだった。

ついつい夢中になって、箸を動かす。

皿の上に一つだけ残っていた大根へと箸を伸ばしかけていた悠は、だがそのとき先に食事を終えたらしい荘志がじっとこちらを見つめているのに気づいて、ぴたりと手を止めた。

一心不乱に箸を動かしているうちに、いつの間にか、すっかり食卓の上がカラとなっていたらしい。

「……ご馳走、さまでした」

「なんだ。もういいのか。うどんならまだ鍋に入ってるぞ」

「いえ、もう十分…腹一杯です」

いつの間にか、先ほどのシマ猫にも負けないくらいの食欲を晒してしまっていた自分に、恥ずかしさを覚える。

初めは食べることすら渋っていたくせに、途中から夢中になって、無言のままがつがつと食べ尽くしてしまっていたようだった。

きっと、呆れられているに違いない。

そう思いながら恐る恐る視線を向けると、荘志はなぜか機嫌が良さそうに目を細め、一つだけ残っていた大根をひょいと悠の皿の上に移してきた。

「どうせなら、残さず食っとけ」

迷っていたのを見られていたと知り、赤面する。

仕方なく口の中で『……いただきます』とぼそぼそ呟くと、悠は最後にもらったその一切れを、ゆっくりと口に含んだ。

よく煮込んであるのか、口の中に入れただけでほろりととけた大根は、薄味なのになぜかほんのり甘く、とても優しい味がした。


「茶碗、洗います」

そう言って台所に立ったのは自分からだ。

賄い代わりのつもりかもしれないが、荘志にこれだけのものを作ってもらって、ただ食べて帰るわけにはいかない。

それに手のことも気になる。料理を作ることはできないが、せめて水仕事くらいは代わってやるつもりで宣言すると、荘志はひょいと肩を竦めただけでなにも言わなかった。

それを了解の合図代わりに、流しに立つ。

慣れない手つきで茶碗を洗っている間、荘志は風呂へ向かったらしく、洗面所のほうからはなにやらガタガタという音が聞こえていた。

……薬とか、ちゃんと飲んでるんだろうか。

昨夜、確か医者から抗生剤や痛み止めを出されていたはずだ。

沢渡たちの知り合いだという町医者は、荘志にせめて二週間は腕をなるべく使わないようにと指示していたが、今日の仕事ぶりを見ているだけでも荘志にそんなつもりはないらしいと分かる。

シェフという仕事をしている以上、腕を使わずにはいられないのも頷けるが、あんな調子では治るものも治らないのではないだろうか。

茶碗を洗い終え、ちゃぶ台を綺麗に拭き上げると、途端にすることがなくなってしまった。

男の一人暮らしというわりには、部屋の中はそれなりに片付いている。さすがに箪笥《たんす》や障子の桟《さん》にうっすらと埃がかぶっているのが見えたが、本人の許可もなく勝手に掃除するわけにもいかない。

帰ろうかとも思ったが、玄関の扉はオートロックにはほど遠い引き戸タイプであり、開けっ放しにして帰るのもなんだか気が引ける。

……だいたい、なんでこんな古めかしい家に住んでいるんだろう。

長身の彼にこの家のサイズは合わないらしく、部屋を移動するたび、荘志は低い鴨居に合わせてひょいひょい頭を下げていた。

並んでいる家具も、昔からある古いものが、そのまま使われているようだ。傷のついた箪笥や、先ほどまでご飯を食べていたちゃぶ台。それから黒電話が似合いそうな文机も。

さすがに水周りだけは改装してあるのかシステムキッチンへと代わっていたが、畳の多いこの古い家は、なんだかひどく懐かしい感じがした。

昔、母と二人きりで住んでいたアパートになんとなく似ている。

そのせいだろうか。知らない人の家だというのに、初めて来た気がしなかった。

「あ…」

食べるだけ食べたあとは、まるまるとした腹を見せながら居間のソファで寝ころんでいたシマ猫とは別に、白と黒のブチ猫が、押し入れの隙間からひょっこりと顔を見せているのに気づく。

人見知りが激しく、なにかあるとすぐに押し入れの奥に隠れてしまうと荘志が話していたその猫は、主人の代わりに見知らぬ人間が台所にいるのを訝しんでいるようだった。

「えっと、小梅さん…のほうだっけ?」

さきほど自分が驚かせてしまったせいで、ご飯をろくに食べていないはずだ。

荘志がシマさんと小梅さんと呼んでいたのを思い出し、悠は驚かせないように声をかけると、そっと手を差し出した。

「……なにもしないから出てきなよ。メシ、まだだったろ?」

金に近いまん丸の目が、じっとこちらの顔を見つめている。

それに誘われるようにして一歩一歩近づいていったが、小梅はまるで置物にでもなったかのごとくその場で固まっていた。

……触れても、怒らないだろうか。

警戒心の強い小梅とは対照的に、シマはかなり人好きするたちらしく、悠が荘志とともにご飯を食べている間も、そばを行ったり来たりしてはその身体をすり寄せていた。どうやらエサのお礼が言いたかったらしい。

悠も最初は猫に触れることにおっかなびっくりだったが、そのうち人の膝の上にまでずかずかと乗ってきたシマに慣れてきて、その背をそっと撫でさせてもらった。

柔らかな毛並みがすごく気持ち良かったことを思い出し、小梅にも親愛の気持ちを込めてそろそろと手を伸ばす。

「…ッ」

だが次の瞬間、ちりっと走り抜けるような痛みを感じて、悠は慌ててその手を引っ込めた。

押し入れから覗いていたはずの二つの目は、再び消えてしまっている。どうやら奥のほうへとまた逃げ込んでしまったらしい。

目を落とすと、手の甲にみみず腫れのような赤い筋が二本、走っていた。

みるみるうちに滲んできた血を誤魔化すように、慌てて指先でごしごしと擦る。

……やっぱ、急には無理か。

できたばかりの小さな傷よりも、また驚かせてしまったことに対する後悔と、思いきり拒絶されてしまったことに小さな落胆を覚えて、悠はそっと溜め息を吐いた。

「なんだ。小梅にやられたのか」

ふいに背後から低い声がかけられ、悠は飛び上がるほど驚いた。

振り向けば、いつの間に風呂から上がっていたのか、荘志が濡れた頭のままこちらを見下ろしていた。

その姿に、思わずどきりとしてしまう。

もう十月だというのに、風呂上がりの荘志は上半身は裸のまま、肩に大きなバスタオルを羽織っただけの姿だった。下はゴムの入ったスウェットといった出で立ちで現れた男は、がしがしと濡れた髪を乱雑に拭っている。

それになんだかいたたまれないものを感じて、悠はそっと視線をそらした。

彼の飼い猫に不用意に手を出して、しっぺ返しを食らったところを見られたのかと思うと、それもなんだか罰が悪い。

「見せてみな」

だがそんな悠を気にもせず、いきなり腕をとられてぎょっとする。

「や…っ」

だいぶ荘志に慣れてきたとはいえ、こんな風に急に手を掴まれるとやはり驚きが勝る。気が付けば悠は、その手を思いきり振り払ってしまっていた。

しまった…と、思ったのは、そのすぐ一秒後だ。

荘志の手を振り払ったのは、これで二度目になる。

さすがに気分を害しただろうと思いながら恐る恐る視線をむけると、予想外にも荘志はただ呆れたような顔をして、目を細めただけだった。

「お前は小梅か」

人になかなか懐かない彼の飼い猫になぞらえられて、カッと耳のあたりが熱くなる。

「その……人に、触られるのとか…、あんま慣れてなくて……」

悠は自分でもいいわけにもならないと思うような理由を口にしながら、それでも『…すみません』とぼそぼそ呟いた。

最初に会ったときもそうだった。荘志がこちらを心配して、立たせてくれようとしていたのに、自分は伸びてきた腕を思いきり振り払ってしまった。

――そんなつもりじゃなかったのに。

「で、でもべつに…っ、その…八木さんが、嫌とかじゃなくて…」

それだけは違うということを伝えたくて、口早に告げる。

荘志がどんな顔をしているのか知りたくなくて顔を上げられずにいると、いきなり頭の上からぽんぽんと大きな手のひらの重みを感じた。

「水で洗ってこい。猫の爪は雑菌が多いからな」

なにごともなかったかのようにその場をさらりと流してくれた荘志に背を押されるようにして、流しへ向かい、傷口を流水ですすぐ。

荘志は箪笥の上段にある引き出しをなにやらごそごそ探っていたが、やがて小さなプラスチックの丸いケースを取り出してきた。

そばにあったタオルで手を拭いてから再び居間へ戻ると、ぽいと荘志からプラスチックのケースを放り投げられた。それを慌ててキャッチする。

「……これ、なんですか？」

「薬」

荘志はそれしか言わなかったが、どうやら塗っておけということらしい。

病院で調合されたものらしいそのケースは、開けてみるとかすかにハンドクリームのような、薬品のような匂いがした。

半透明の軟膏を指先に少しだけとり、赤く筋のついた手の甲に塗り込むようにすりつける。

「裏のとこも塗っとけよ」

「裏？」

言われた言葉の意味が分からず、聞き返してしまった。

右の手の甲以外にも、引っかかれたところなどあっただろうか。知らないうちに傷を作っていたのかと手首のあたりをくるくる回して見つめてみたが、他に傷らしい傷は見つからない。

「別に、なにもないですけど…」

それに焦れたように、荘志は悠からプラスチックのケースを奪うと、『袖をまくりな』と、指示してきた。

なんのことだかと訝しみつつも、言われたとおり袖をまくる。すると、いきなり手首をグイと掴まれ肩の上まで上げさせられた。

「やっぱりな」

「は？」

「ここ、火傷してんだろうが。あの鉄板、慣れないやつは最初に必ずやるんだよ」

言いながら軟膏を指先につけた荘志は、悠の手首を持ち上げたまま、傷跡に指先を這わせてきた。

途端に、ひりつくような痛痒い感覚が、荘志の指先が触れた部分から這い上っていく。

「あ、これもまずかったか？」

軟膏を塗り始めてから、荘志は自分がまた不用意に悠に触れていたことに気づいたらしい。

すぐぱっと手を離したが、それに悠は慌てて左右に首を振った。

「別に、平気…です」

本当に、嫌ではなかった。

急に腕を掴まれたときはやはり驚いたが、荘志に触れられることじたいが決して嫌なわけではないのだ。

それに不思議と荘志のことは、もうあまり怖くなかった。

その鋭い目つきで睨まれるとドキッとするし、上から見下ろされると威圧感を覚えることも変わりない。

だが最初に感じたような得体の知れない恐ろしさは、今はまるで感じなかった。

今日一日彼のそばで仕事をしたり、一緒にご飯を食べたりしたからだろうか。

自分の飼い猫をさんづけで呼んでいたり、真剣な顔で猫と会話をしてみたり。なんだか意外な一面ばかり見せられたせいもあるだろう。

平気という言葉を証明するみたいに、悠が自分からその手を差し出すと、荘志はひょいと肩を竦めつつ、再び指先を伸ばしてきた。

長い指を持つ大きな手のひら。それは料理を作るときにはすごく繊細で、複雑な動きを見せることをもう知っている。

再び手首を掴まれた瞬間、悠は荘志に触れられたところから、なんと表現すればいいのか分からない不思議な熱が広がっていくのを感じた。

びりびりと痺れるような、熱い疼き。

まるで果物でも剥くときみたいに慎重に動く指先が、二の腕の内側の柔らかな部分をそっと辿っていく。

赤くなった皮膚に触れられると、ぴりっとしたかすかな痛みとともになにかが伝わってくるのを感じて、悠はぎゅっと奥歯を噛みしめた。

……誰かに薬を塗ってもらうなんて、子供の頃以来だ。

「もう一つあるから、それは持って帰りな」

全ての傷に薬を塗り伸ばしたあと、荘志は手にしていた軟膏の入ったプラスチックケースを悠の手の中に再びぽんと投げてよこした。

それを受け取りながら、悠は夢の中にたゆたっているような気分のまま『ありがとう…ございます』と小さく呟く。

荘志の体温がかすかに残る丸いケースは、悠の手にしっくり馴染み、それがなんだかまたこそばゆいような、不思議な気持ちにさせた。


次の日、同じように学校帰りに店へと寄った悠は、休憩中に『ちょっとこい』と荘志からちょいちょいと指で呼び出された。

「お前、うちまでの道を覚えてるか?」

「まぁ…」

昨日行ったばかりだ。いくつか角は曲がったが、そう難しい場所ではない。

「なら、あいつらのエサやりにいっといてくれるか」

「…はい?」

「俺は今日はまだちょい、抜けられそうにないからな」

荘志の言葉にちらりとフロアを覗けば、どこかの会社の送別会らしい団体が入っていて、さきほどからどんちゃん騒ぎが始まっているのが見える。サブの鳥井だけに任せるのは心許ないため、荘志はまだ店に残るつもりのようだった。

「はぁ…分かりました」

手渡されたのは、赤い鈴のついた銀の鍵だ。

いくら昨日も家に寄ったとはいえ、こんなに簡単に他人に鍵を渡していいのだろうかと、その不用心さには眉を顰めたくなる。

だが今日もまた、あの可愛らしい猫たちに会えるのかと思うと、それには少し胸が躍る心地がした。それを素直に表に出すのは気恥ずかしくて、わざと渋々という顔を装ってはいたが。

どうせここでの仕事が終わったところで、まっすぐ家に帰る気にはなれないのだ。ならば寄り道できるところがあるだけ、かえってありがたい話でもあった。

「あ、ついでにコンビニにも寄って、冷蔵庫にビールを足しといてくれ。発泡酒じゃないやつな」

そんな勝手な注文まで告げ、再び厨房へと戻ってしまった荘志の背中を、呆れた視線で見送る。

沢渡から『左腕の代わりに働いてもらったら?』と言われたときはしぶしぶだったくせに、気が付けば荘志は嬉々として悠を小間使い代わりにしている。

だがそのほうが、悠としても気兼ねがなくてありがたかった。

仕事が終わったあとは、指示されたとおりコンビニに寄って買い物を済ませ、それから荘志の家へ向かう。

がちゃがちゃと建て付けの悪い鍵を開けた途端、悠は飛び出してきたシマから熱烈な愛情表現をもらってしまった。

「ちょ…シ、シマさん。待って待って」

自分のことを覚えてくれていたのは嬉しいのだが、その巨体でドンと背中に乗ってこられると、猫一匹とはいえさすがに重い。

「えっと…そうだ。小梅さんは?」

そういえば、今日は小梅の姿がない。

室内の電気をつけると、台所に置かれた小さなテーブルの下で、こちらを窺うように目を見開いている小梅とばちっと目が合った。

どうやら帰ってきたのが荘志じゃないと知って、そこに隠れて様子を見ていたらしい。

今日こそは驚かせないようにゆっくり靴を脱ぎ、玄関の脇で揃えた悠は、誰もいないと知りつつも、『…お邪魔します』と一声かけてから中に上がった。

昨日と同じように洗面所脇のトレーに並べられていた食器を洗い、綺麗に乾かしてから缶詰と、カリカリの両方にエサを入れる。それから新しい水を張って足下へと置くと、悠はそこからそそくさと離れた。

すぐ皿に顔を突っ込むようにして食事を始めたシマとは違い、小梅は悠がそばにいたら食事ができない。じっとテーブルの下でこちらを窺っている小梅の存在には、まるで気が付いていないというふりで居間へ戻ると、悠はわざと視線をそらして庭先を眺めた。

すっかり暗くなった庭先には、少しだけ斜めになったバスタオルや着替えのシャツらしきものがかかっている。こんな時間まで干してあっては、冷たくなっているに違いない。

少しだけ悩んだあと、悠は庭先に下りてそれらをハンガーから取り外した。

勝手に取り入れた洗濯物をたたんでいるうちに、しばらくして背後から小さなかりかり、かりかり…という二重奏が響き始めた。

それに思わず口元がほころんでしまう。

振り返って確かめてみたい衝動に駆られたが、その欲求を無理矢理抑え込みながら、悠は二人掛けソファの肘掛けに肘をつき、そのかすかな音にじっと耳を傾ける。

そのとき、ふいに玄関からガラッと激しく扉が開かれる音がした。

「ただいま」

はっと振り返ると、荘志が玄関で紐のついた厚手の革靴を脱いでいるのが見えた。

シマはその場で小さく答えるように『にゃーん』と一度だけ鳴いたあと、再び皿へ夢中になって顔をつけている。

小梅はというと、タタタと玄関へ走り寄っていき、するりとその長い尻尾を荘志の足に身体ごとなすりつけたあと、奥の部屋へと消えていった。

そのつれない背中を、思わずじっと見送ってしまう。

……ちぇ。自分にはご飯を食べる姿すら見せてくれないというのに、荘志が相手だとお出迎えまでしてくれるのか。

ご主人様と見知らぬ客では当然の扱いの差かもしれなかったが、あの艶やかな白と黒の毛皮を、できるなら一度はそばで眺めてみたいものだと思う。

「おかえりなさい。……ついでに洗濯物出しっぱなしだったから、しまっときましたけど」

「お、助かる」

荘志はくったくなくそう告げると、気軽にその手でポンポンと悠の頭を叩いた。

「ちょっと…」

そうやって遠慮なく人の頭を撫でたりするのが、荘志のクセなんだろうか。

まるで猫か子供にでもするようなそのしぐさが、一人っ子の悠にはこそばゆくて、気恥ずかしい。

だが荘志は悠の不満など気にもせず、どこかで買い物してきたらしいビニール袋をキッチンのテーブルの上にどかっと置いた。

どうやら思ったよりも早く、店から上がってこられたらしい。

「じゃあ、俺は帰ります」

長居をするつもりはなかったのに、気が付けば猫たちの可愛らしい姿につられてついつい腰を下ろしてしまった。荘志の邪魔にならないうちにとっとと帰ろうとして席を立つと、なぜか大きな手のひらにぱしっと手を掴まれた。

触れられた瞬間、ピクリと肩は揺れたが、三度目ともなるとさすがに振り払ったりはしないで済んだ。

荘志はどうやら自分とは対照的に、人とのスキンシップがあまり気にならないタチらしい。いつもこうして、平気で悠の手や肩に触れてくる。

「なんだ?」

「なんだって……なんですか?」

聞きたいのは、こっちのほうだ。

昨日のように傷跡に触れられたわけでもないのに、荘志に触れられると、なぜかそこが痺れるようにぴりぴりして、調子が狂う。

「メシ、食ってくんじゃねぇのか?」

——え?

なのに、当然のような顔でそんなことを尋ねられてしまい、一瞬言葉を失った。

「昨日は作り置きをあっためただけで、簡単に済ましちまったからな。今日は肉にでもしてやろうかと思って、店からいい肉分けてもらってきてやったのに」

ひらひらと見せたビニール袋の中に詰まっていたのは、どうやらそのご自慢の肉らしい。

それにぐっと喉を詰まらせる。

まだ口にしてみたことはなかったが、荘志が店で出すパリパリ皮のローストチキンや、スパイスとオリーブオイルだけでさっと焼き上げた塩漬けロースは、見ているだけでも涎が出るほど、美味しそうだった。

「で? 食っていかねーのか?」

悠の目が釘付けになっていることに気づいたのか、もう一度、荘志はそう尋ねながらニヤリと笑う。

「……食っていきます」

悔しいけれども、その誘惑には勝てずにしぶしぶ頷くと、なぜか荘志は悪戯好きな子供のように目を光らせ、『よし』と笑った。


……なにやってんだかなぁと、思わずこっそりと溜め息を吐く。

昨日だけでなく、今日もまさか荘志の家でご馳走になるとは思わなかった。

蜂蜜と卵と牛乳で作ったパンナコッタまできっちり完食したあと、さすがにこの状況はなんだかおかしくないか？　と悠は首をかしげた。

荘志は賄い代わりだと言うが、それにしても彼の腕の代わりに働くはずが、これでは本末転倒な気がする。せめて少しは役立とうと茶碗洗いは自分から買って出たが、それだけで済ましてしまうのは気が引けた。

そんなことを考えながら、ついでに小さなスコップを持って猫のトイレ砂を綺麗に掃除してやっていた悠は、いつの間にか冷蔵庫の前にぬっと立っていた荘志に気づいて、ぎょっと固まった。

「ちょ、ちょっと！　アンタ、そんなカッコであちこち歩き回んの、やめたらどうなんだよ」

たった今風呂から上がったばかりらしい荘志は、昨日と同様、上半身にはなにも身につけていなかった。

瑞々しい艶やかな肌から、かすかに湯気が立ち上っている。

「別に自分の家なんだし、どんなカッコをしてても別にいいだろうが」

ぽたぽたと髪から垂れてくる雫を肩にかけたタオルで乱雑に拭うと、荘志はそのまま冷蔵庫を覗き込み、冷やしておいた缶ビールを取り出した。

プルタブを片手でうまくこじ開け、ごくごくとひどく美味しそうに飲み始めた姿を、呆れた視線で眺める。

ビールなんか飲む前に、さっさとその濡れた髪でも乾かせばいいものを。

「よくないだろ。第一、なんで上を着ないんだよ。今もう十月だっつーのに、寒くないんですか？」

「んなの、服なんか着たら濡れちまうだろうが」

だからといって、風呂上がりに上半身裸でうろついたあげく、ビールを飲むのはやめてほしかった。

「なら、とっとと髪を拭くとか、ドライヤーをかけるとかすればいいのに」

「面倒くせぇ」

「面倒くせぇって、あのね…」

「第一、こいつが邪魔で髪を洗うのからしていちいち面倒だしな」

言われて、荘志の腕に巻かれていた包帯に目を向ける。

ビニール袋を巻き付けてはあるものの、少しぐらい濡れたところで気にもならないのか、荘志は平気でその腕を扱っている。

消毒のため、定期的に病院には行っているようだが、抜糸まではまだもう少し時間がかかりそうだと聞いていた。

その様子に悠は目を細めると、すっと息を飲み込んだ。

「……分かった。俺がやる。だからそこのソファにでも座ってください」

「はあ？」

料理を美味しく仕上げるには、一手間も二手間も惜しまないはずの男が、自分のことに関してはとんと無頓着らしい。

濡れた髪からぽたぽたと畳に雫が垂れているのをさすがに放っておけず、悠は洗面所の棚に収められていた、ターボ付きのドライヤーを勝手に探し出してきた。

悠に言われるがまま、大人しく居間のソファに腰掛けた荘志の背後へ回り、コンセントに差し込む。

肩にタオルを広げてそっと黒い髪に触れると、濡れた感触が指先にぺたりと触れた。それになぜか、どきっと心臓が跳ねるような錯覚を覚えた悠は、それを打ち消すように、慌ててドライヤーのスイッチを強に入れる。

荘志の黒い髪は、触れてみると想像していたよりもずっと柔らかかった。黒くしなやかな手触りが、ふとシマの背中を思い起こさせる。

指先でその皮膚ごと乾かすように、パラパラと撫でながらドライヤーを動かしていく。耳の後ろに直接熱風が当たらぬよう、手でガードしながら位置を調節していると、男の首がくたりと横に傾いた。

「あー…。気持ちいい。お前うまいなぁ」

ほっとしたようなその声に、じわりと体温が上がるの感じた。

普段、あまり褒められ慣れていないためか、そんな些細な一言にさえ心音が跳ねてしまいそうになる。

荘志のそうした言葉を、ただの社交辞令として流せばいいのか、それとも『ありがとうございます』と笑って受け取ればいいのか分からず、結局、悠はただ唇を噛んで言葉を呑み込むことしかできなかった。

……世の中の人たちは、こういうとき、どうしているのだろうか。

今まで気にもしたことがなかったのに、そんなことが気になる自分は、なんだかやはりどこかおかしい。

「今度、あいつらを風呂に入れるのも手伝えよ」

黙りこんだままの悠を気にもせず、頭を預けてそう言いだした荘志に、ほっとした。

「え？　猫って風呂に入るっけ？」

「すげぇ嫌がるけど、顔と耳さえ濡らさなきゃ大丈夫だ。毛の抜け替わる時期だけでもざっと洗ってやんないと、毛玉を飲んで吐くんだよ。……でもあれやると、しばらくあいつら寄ってこなくなるけどな」

「……なら、俺だってやだよ。そうじゃなくても小梅さんからは嫌われてるっぽいのに」

「ああ、アイツは拾ってきたときから誰にでもあんなもんだ」

荘志はくくっと笑って肩を震わせていたが、それは嘘だと思った。

荘志にはあんなにも懐いているのに、誰にでもそっけないなんてことないだろう。

それに荘志も、店では厳しい顔しか見せないのが嘘みたいに、猫たちの前ではくつろいだ顔を見せている。

沢渡も、『アイツさ、厨房にいると特に言葉もぶっきらぼうだし大変だと思うけど、なんかあったら遠慮なく言い返していいよ。遠慮がないだけで悪い奴じゃないから。ったく、あれでお客さんにもう少し愛想良くしてくれたら、うちの女性客が三割増しになると思うんだけどね』とぼやくぐらい、普段の荘志はそっけなかった。

それが今はこんな風に無防備に自分に頭を預け、うっとりと目を閉じているのが、なんだか嘘みたいな気がしてくる。

さらりとした首の裏の生え際に指をはわせると、荘志の喉仏がこくりと動く。

それに悠はなぜかカッと喉の奥が熱くなるような感覚を覚え、慌ててそこから視線をそらした。

「……そう、だ。あの、シマさんはシマ猫だからだってなんとなくわかるんだけど。小梅さんは、どうして小梅って名前なわけ？」

ざわつく胸の奥を知られたくなくて、わざと関係のないことを尋ねると、荘志は目を閉じたまま『さぁな。そのうち分かるだろ』と低く笑った。

どうやら、教えるつもりがないらしい。

意地悪な男だと思いながら、がしがし指先を動かしているうちに、ふっと心地良さげに溜め息を吐いた荘志の頭が、ゆっくり左にかしげられた。

「悠。こっちも」

瞬間、ぴたりと手が止まる。

当たり前のように荘志から呼ばれた名前が、自分のものだと理解するには時間がかかって、ついぽけっとしてしまった。

「おい、熱いぞ」

「あ、ご…ごめん」

一カ所で止まっていたドライヤーを慌てて移動させる。だがぎくしゃくした不審な動きを見せた悠に、荘志は『…なんだ？』と訝しげに振り返った。

「いや……だって、アンタ…俺の名前なんて…どうして」

荘志から名を呼ばれたのは、これが初めてだ。

まさか彼が自分の名前を知っているとは思わなかったから、驚いたというのもある。

だがなにより衝撃だったのは、荘志に名前を呼ばれた瞬間、自分の中ですごいなにかが起きたみたいに、胸が震えたというその事実のほうだった。

「はぁ？　お前、最初に会ったときそう言ってなかったか？　それに、バイトの申込書にも書いてあったし」

「そう、だけど…」

聞きたかったのは、そういうことじゃない。

初めて店に入る前、履歴書代わりに沢渡からは名前と保護者の連絡先を書くようにと、申込書を渡された。

だがきっと荘志はそんなことに興味もないのだろうと思ったし、他の店の従業員と同じように、『東雲』と名字で呼ぶとそう思っていたのに。

そんな風に軽く名前で呼ばれると、思いきり調子が狂ってしまう。

なんだかまるで、昔からの親しい知り合いみたいだ。

「シノノメって、言いにくいだろうが。……なんだ、名前じゃ嫌だってのか」

荘志の説明に納得しつつも、なんだか少しだけがっかりしてしまった自分に臍《ほぞ》をかむ。

そんな自分を誤魔化すように、悠は首をふるふると振ると慌てて『そうじゃなくて』と告げた。

「うん？」

「もともと……この名前、あんまり好きじゃないし…」

伯父から『東雲の家名に、これ以上泥を塗るような真似はするな』と言われ続けてきたせいか、正直、悠はこの名字があまり好きではない。

というよりも、憎んでいると言ったほうが正しいだろう。

これ以上という言葉のとおり、伯父にとって自分は存在しているだけでも汚名を着せられる原因となるらしい。

母に連れられて初めてあの家を訪れたとき、『このバカモンが！　どの面を下げて帰ってきた』と人声で怒鳴り散らされたことは、子供心に苦い記憶として刻まれていた。

「なんだ。ならいいじゃねぇか。悠で。悠久の悠だろ」

そう言いきると、荘志はすっかり乾いた頭を振りながらすくっと立ち上がり、『サンキュ。助かったわ』と悠の頭をその大きな手のひらでぽんと叩いた。そうして着替えるために、奥の自室へと歩いていく。

その広い背中を見つめながら、悠は『…うん』と小さく呟いた。

荘志に聞こえていたかどうかは分からない。

でも多分どっちだろうと荘志は気にせず、これからも自分のことを『悠』と気安く呼ぶのだろう。何度振り払われても、平気で人の頭や手に無造作に触れてきたあの手と、同じように。

そう思うと胸の奥からなにか熱いものがぶわっと広がってくるようで、くらくらとした目眩を覚えた。

――どうしよう…。たったそれだけのことが、こんなにも嬉しいなんて。

オイとか、お前とか、クソガキとかじゃなく。

あの人に、ちゃんと一人の個人として認識してもらえている。そう感じられることが、なぜなのか、心が震えるほど嬉しかった。


学校帰りの悠の足取りは軽かった。

これまで放課後といえばゲーセンやファストフード店ですることもなく、ただふらふらと時間をつぶすだけの毎日だったが、人の手伝いとはいえ向かうべき場所があるというのは、悠の怠惰で退屈だった生活を大きく一変させた。

ダラダラとやる気のないクラスメイトたちを追い立てるようにして掃除当番を終わらせると、店のある乗換駅までまっすぐに向かう。

この数日ですっかり通い慣れた大通りを進み、ビルの一階にある店の看板が見えてくると、それだけで自然と足が速くなった。

仕事が終わったあとは先に荘志の家に向かい、猫たちの世話をする。ついでに洗濯物をしまったり、部屋の掃除をすることもあるが、すぐにやることがなくなってしまうため、余った時間は来月の試験勉強の時間にあてた。

受験をするつもりはないし、勉強などもはやどうでもいいとは思っていたが、赤点だけはとらないようにしたかった。

悠の通う高校では赤点を二つ以上とると、放課後に二週間の補習が義務づけられている。それだけは避けたかった。

いつまで店に通うことになるかは分からなかったが、できるなら放課後はいつでも空けておきたい。

「……な。シマさんてばさ。どうしてそういうところでばっかり、寝たがるわけ？」

テーブルの上で、でんと大きな腹を横たえたシマは、まるで悠が勉強するのをわざと邪魔をするみたいに、広げたテキストの上で寝そべっている。

普段はソファや縁側近くに置かれた座布団の上で寝ているくせに、悠が洗濯物を畳もうとしたり、課題をやろうとしてテキストを広げだした途端、どこからか音もなくさっとやってきてはわざとそのそばでごろりと横になる。

まるで『構え』と催促されているみたいだ。

声をかけると、嬉しそうに『にゃあ』と返事をしてくれる。そんな姿を見てしまったら、邪険に追い払うのも気が引けて、結局は悠もその手を止めると、柔らかな腹をそっと撫でさせてもらった。

「猫にもメタボってあるんだってさ。知ってる?」

言葉の意味が分かっているのかいないのか、シマが今度は少し長く『にゃああ』と小さく声を出す。それにクスリと笑みを漏らした悠は、はっと緩んだ頬を引き締めた。

……これじゃ、ますますあの人みたいだ。

猫と真面目な顔つきで会話している荘志のことを、最初はあっけにとられて見ていたはずが、気が付けば自分も同じようにシマたちに声をかけたりしている。

もう一匹の小梅はというと、相変わらず悠に対してはそっけなかったが、それでも毎日せっせと通ってきているおかげでだいぶ慣れてはきたのか、荘志がいなくても押し入れに閉じこもったままということは、なくなっていた。

それでも悠とはいまだ微妙な距離を保って、今も少し離れた箪笥の上で、長い尻尾を揺らしている。

あの綺麗な白黒の毛並みを撫でさせてもらえたら、さぞ幸せだろうになどと思ってしまうのは、だいぶ自分も荘志に毒されてきているからなのかもしれなかった。

「……でもあの人も、結構人使い荒いよな」

悠がこの家に出入りするようになって、気が付けば今日で五日目だ。

最初は、悠が店に出入りするのすら渋っていたのが嘘のように、荘志は平気で悠を顎でこき使ってくる。バイトのあとは猫の世話や、家事まで手伝わされるようになっている今の状況を改めて振り返り、悠は密かに眉を顰めた。

……しかも、髪を乾かすことまで俺の仕事になってるし。

一度手伝ってやってからは、荘志はそのほうが楽だと気が付いたのか、当然のように風呂上がりになると悠へ『ん』とドライヤーを手渡してくるようになっていた。

それを『…またかよ』などと言ってしぶしぶ受け取りながら、実のところ、それは悠にとって密かな楽しみの時間でもあった。

店の厨房の中では、我こそが王様だといった態度で頂点に君臨している荘志が、この家の中では気を緩ませて、平気で悠に頭を預けてくる。その伸びきっただらしない姿は、まるで動物園の檻の中で昼寝をしているトラかライオンのようだ。

大型の肉食獣なのは間違いないが、出会ったときの威圧感はまるで感じられない。それどころか悠にすっかり気を許しているのだと分かる態度に、なぜか胸の奥のほうが甘くくすぐられるような、そんな喜びまで感じてしまう。

こき使われて嬉しいなんて、自分でもどこか間違っているとは思うのだが、事実、この家にくることは悠にとって、仕事というよりもはや自分の楽しみになりつつあった。

出てくるご飯も、すげー美味いし…。

店で出すものとは違う、ほろっととろけるオムライスや、手作りの餃子。そんなささやかな家庭料理が、クセになるほど美味しかった。

それに荘志との関わりだけでなく、この家じたいの雰囲気もひどく気に入っている。

荘志が猫二匹と暮らす家は、全体的に少し古ぼけているものの、なんだか懐かしくてほっとする空気が漂っていた。

もとは荘志の母方の祖父母が住んでいた家らしい。

シマは彼等が存命だった頃からこの家で飼われていたため、先住猫の特権として彼だけは『シマさん』とさんづけで呼ばれているという理由も、昨日知ったばかりだ。

そんな風に、毎日少しずつ荘志のことを知っていく。それがなにより楽しくて、ここで過ごす時間は、長くなるばかりだ。

――そういえば、抜糸っていつなんだろ…？

最近の荘志は、帰りが日に日に遅くなっている。それだけ腕の痛みもなくなり、仕事に専念できる時間が増えてきているということなのだろう。

荘志が回復するのは喜ばしいはずなのに、その先のことを考えると気分がいっきに暗くなった。

初日こそは失敗ばかりだった店の手伝いも、少し慣れてきたのか、今では怒鳴られる回数は格段に減ってきている。

それでも自分はただの助手でしかないのだ。彼の腕が完治すればそこにいる必要はなくなるだろうし、沢渡や店のスタッフにこれ以上、迷惑をかけることもできなかった。

できればこのまま正式なバイトとして雇ってはもらえないだろうかと、そんな風に考えたこともある。

だがカフェの時間帯ならまだしも、夜はバーがメインということもあって、悠以外のバイトはみな大学生かフリーターばかりだ。高校生の悠は、途中で抜けさせてもらうことになってしまう。

あまり役に立たないバイトがいたところで、邪魔にしかならないだろう。

ならせめて、この家の手伝いだけでも続けさせてもらえないだろうか……。

シマも懐いてくれているし、小梅とももう少しつきあえたら、ちょっとは距離が縮まるかもしれない。

なにより、あの肉食獣のようなこの家の主のことを、できるならまだ色々と知りたかった。

普段は怖そうな目つきをしているくせに、猫と話すときは目尻が少し下がって見えることや、寝起きが悪くて目覚ましを三個もベッド脇に置いてあること。風呂上がりにビールを飲みながら新聞を読むのが日課なことや、そのたびシマさんや小梅に肩や腹の上に乗っかられては、動けなくなっていることなども。

だが……自分がこの家に来たところで、いったいなんの役に立つというのか。

今だってせいぜいが猫にエサをやったり、ほこりの被った家具にモップをかけるとか、洗濯物を畳むとか…そんなことくらいなのだ。

それを思うと彼の怪我が治ったあとまで図々しく、『この家に、また遊びにきてもいい？』などと聞けるはずもないまま、悠はこっそりと溜め息を呑み込むしかできなかった。

突然それまで箪笥の上で寝ていたはずの小梅が、ピンとその両耳を立てて立ち上がった。

トンと軽い音を立てながら箪笥から飛び降りた小梅は、そのまま玄関とは逆に、奥の押し入れのほうへタタタと消えていく。

「小梅さん？」

玄関からは、古い引き戸の鍵をガタガタと開けるような音がしている。

荘志だろうか。いつもなら小梅が真っ先に迎えに行くはずなのに、珍しいこともあるものだ。そう思った瞬間、がらっと開かれた玄関から想像していたのとは違う顔が覗いたことに驚き、悠はその場で固まった。

「なんだ、君は」

「え？　あ、あの…」

それはこちらの台詞である。

顔を出したのは濃い色のスーツに身を包んだ、これまたがっしりとした体格の成人男性で、見知らぬその影にぎくりと身を竦ませる。

「ここでなにをしている？」

威圧感あるオーラや、詰問調の話しぶりに眉を顰めかけたが、それでも荘志のときのように睨み返さずに済んだのは、銀のフレームの眼鏡の下から覗いた瞳が、なんだか懐かしく思えたからかもしれなかった。

不思議な気がして、眼鏡の奥の黒い瞳をじっと見上げる。

丁寧になでつけられた髪や、高そうなスーツのせいで印象は違って見えるが、よく見れば荘志と似ていることに気づかされる。荘志のような野性的な雰囲気はないものの、少し年を取らせて、眼鏡をかけたら、たぶんきっとこんな風になるに違いなかった。

とはいえ荘志にスーツを着せ、眼鏡をかけたところで、人をまるごと呑み込むみたいなあの力強い視線を、全て隠しとおせるとは思えなかったが。

「荘志は？」

「あ、今はまだ店に…」

慌てて答えると、目の前の男は『そうか』と溜め息を吐いた。

「ここには、君一人なのか？」

「…はい」

別に悪いことをしていたわけではないのだが、家主のいない家に一人で留守番をしていたところを見られたことで、なぜかバツが悪かった。

男は『ふむ』と頷くと、無遠慮に悠の色素の薄い髪や、リングのピアスをじろじろと見つめてきた。

それにますます居たたまれなくなる。

ピアスや脱色は、悠自身が選んでしたことだ。それをこれまで恥じたことはなかったが、なぜかこの背筋のピンと伸びた、まっすぐな男の視線に晒されていると、子供の頃、悪さをして担任の教師に叱られたときのような、決まりの悪さを感じてしまう。

「あの、俺は…東雲といいます。いま……、八木さんと一緒に、ベル・ジャルディーノで働かせてもらっていて…」

ともかく、自己紹介をしてしまおうと慌てて名乗ると、男はようやく合点がいったというように、『ああ、沢渡のところの…』と頷いた。

どうやら沢渡とも面識があるらしい。

「私は荘志の兄で、正晴《まさはる》です」

どうりで似ている。

だがそう名乗った男は、もう一度、悠を上から下までじろじろと見下ろすと、『失礼だが…』と口を開いた。

「私の目には、君は男の子に見えるのだが」

「え？　はぁ。そのとおり、男ですけど…？」

いくら線が細いとはいえ、自分は女の子のような丸みを帯びた顔や身体つきはしていない。それになにより、着ているブレザーの制服の下はズボンである。

これで間違えようがあるのかと思いつつ首をかしげると、正晴は額に珍妙な皺を浮かべて、『ふむ』と漏らした。

「もしかして、君にはよく似たお姉さんがいるのかな？」

なんの話だと思いつつ、首を振る。

「では、いつもは親しい女友達と一緒にここへきているとか」

「は？　いや、俺だけですけど…？」

正晴が、なにを気にしているのか分からない。

だが悠の説明にますます額の皺を深くした正晴は、『そうか…』と納得のいかない様子で頷いた。

「あの、どういうことですか？　俺が男だと、なにかまずいとか…？」

「いや。そうじゃない。かえってそのほうが問題がなくていいくらいだ」

「はぁ…」

やはり、意味が分からない。

「実は……その、我が弟ながらなんというか、アイツは少し破天荒《はてんこう》なところがあってね。そのくせ女性から異様にもてるときている。あんな横柄そうな男のどこに惹かれるのか、兄としてはいまいちよく分からないんだが。問題なのは、そうした女性相手になんというかアイツはその……少し節操がないというか、見境がないというか…」

「…はぁ」

「ああ、いや。誤解しないでくれ。荘志のほうからあちこち声をかけて歩くような真似はさすがにしていないはずなんだが、なんというか、それでも付き合う相手は途切れたことがなくて…」

高校生相手に話すことではないと気が付いたのだろう。慌ててソフトに言い直しはしたものの、話している内容はどちらにせよ同じようなものだった。

つまり、荘志は遊び相手にはことかかないということらしい。

なのに今現在、この家に出入りしているのがそうした女性ではなく、悠のような、未熟で痩せこけた男子高校生だというのが、正晴としてはどうやら納得がいかなかったらしい。

どうりで家に入ってきた途端、じろじろと無遠慮に見られたはずである。

悔しいが荘志は悠の目から見ても、色気のある男だと思う。

店でも彼目当てにカウンター席を狙う女性客があとをたたないし、沢渡ももう少し愛想さえ良くしてくれればもっと女性客が見込めると話していたとおり、その見た目が好ましくあるのは間違いなかった。

悠でさえ、髪を乾かしている間、気持ちよさそうに目を閉じている荘志の彫りの深い横顔に、こっそりと見惚れてしまうこともある。

それに最初は迫力があって怖いと思っていた鋭い視線も、慣れてしまえば生気に溢れた力強い瞳だと思う。

そんな彼を、女性が放っておくはずもなかった。

「別に、君のことを怪しく思って尋ねたわけではないんだ。ただ、アイツにしてみたら珍しいことだと思ってね」

「そう、なんですか…」

正晴の話を聞いた途端、風船から空気が抜けていくみたいに、しゅるしゅると心が萎んでいくのが分かった。

別に自分とは関係もない話のはずなのに、荘志が色々な女性と付き合っているらしいと聞いただけで、なぜこうも気持ちが重くなるのだろう?

これまで荘志が女性を家に連れてきたことは一度もない。だがもしかしたらそれは、自分が毎日のように出入りしているため、遠慮していたのかもしれなかった。

それとも、ただ単に腕を怪我している間は、そうした付き合いが面倒くさかっただけなのか。

どちらにせよ、荘志のことを良く知る兄の目から見ても、『珍しい』と思うくらいに、自分の存在はここにそぐわないものだったらしい。

これでは荘志の怪我が治ったあとも、ときどき顔を出していいかなどと、ますます聞けなくなってしまった。それに悠は静かに落ちこんだ。

「変な質問をして気を悪くさせたなら、悪かった。忘れてくれ」

「い、いえ。こちらこそ…」

正晴が謝るようなことではない。悠がしょんぼりとしたのに気づいたのかもしれないが、見るからに立派そうな大人の男から、面と向かって『悪かった』などと謝られたことがなかった悠は、激しく狼狽してしまった。

伯父は決して謝るなどということはしない男だし、英和も人を思うとおり支配できなければ気が済まないタイプだ。

きちっとしたスーツを着こんでいる正晴も、どちらかといえば人の上に立つほうが似合いな男だと思う。

なのにこんな見も知らない高校生に、さらりと頭を下げた度量の広さに、びっくりした。

「気にしないでください。だいたい俺がここにきてるのだって、もとはといえば俺の責任で…」

「責任というのは？」

「あの、八木さんが…、左手を怪我してるのは知ってますか？」

「ああ。バイクごと転んだとは聞いているが…」

どうやら正晴は、荘志の怪我の原因は聞かされていなかったらしい。『実は…』とこれまでの経緯を順立てて説明すると、正晴は眉根を寄せ、溜め息を吐いた。

「それで君は、まんまとアイツのいいなりになってこき使われているわけか」

「い、いいなりってわけでは…」

「バカだな。そんなもの、雨の日にバイクに乗っていることじたい、不注意で呆れる話だし、それで転んだとしてもアイツの運転技術が未熟だったというだけで、君の責任でもなんでもないだろう。君が信号無視をしたことについては注意されてしかるべき問題だが、それで君が沢渡の店でただ働きをしなければならないような義務には値しない。即刻、沢渡にも抗議して君を解放するように…」

「や、やめてください！」

言いながらスーツの胸ポケットから携帯を取り出した正晴に、ぎょっとする。

もしや、荘志か沢渡にでも話をつけるつもりなのか。

そんなことをされたら、もう沢渡の店にも、この家にも行くことができなくなってしまう。それだけは避けたかった。

「違いますから！　俺が是非そうしたいって言ったんです。八木さんは、そんなものいらないって言ってたんですけど、俺がそうしないと気が済まなくって…、だから…っ」

「だが君はまだ高校生だろう」

「だから、お店は九時までってことで、あとはシマさんたちのご飯あげたりとか、そんなことしかしてないですし…」

「でも君の親御さんは？　それでもいいと言っているのか？」

「はい。それに、そんな心配は本当にいらないんです。なんていうか、ここで美味いご飯とかただで食わせてもらってる分、俺のほうがかえって世話をかけてるくらいで…」

荘志や沢渡に、非情にもこき使われているのではないかと心配してくれているらしい正晴には申し訳ないが、その心配は杞憂というものだ。店では他のバイトと同じように扱ってもらっているし、ここですることといえば簡単なことばかりなのだ。

それどころかシマたちに遊んでもらったり、ご飯まで食べさせてもらったりと、どちらかといえば自分の楽しみのほうが多い分、手伝いなどというのはかえって申し訳ないくらいだった。

それもあと少しで終わってしまう。

荘志は腕の調子についてなにも言わないものの、仕事時間を増やしているところからみても、順調に調子は戻ってきているのだと思う。抜糸が済んで無事一人で仕事がこなせるようになれば、ろくに役にも立たない自分の居場所はなくなるに違いなかった。

それが今は、惜しまれてならない。

限られた時間と分かっていながら、少しでもその時間が長引くことを期待してしまうのは、怪我をした荘志に対して申し訳ないというのに。

それでもできることなら、こんな中途半端な形で途切れたくなかった。

必死になって『できれば、このまま最後までやらせてほしい』と口にすると、正晴はなにかを諦めたように、息を吐いた。

「まぁ、君がそう言うなら、私が口を挟むようなことではないが…。もし君が嫌な目にあったりしたときは、遠慮なく言いなさい」

そう言って、携帯を引っ込めてくれた正晴にほっとする。

「はい。ありがとうございます」

二人の会話が落ち着いたのを感じたのか、それまでテーブルの上で寝そべっていたシマが、『にゃーん』と一声鳴いて、悠の膝へと下りてくる。ぐるぐると回りながら寝やすい位置を探すと、そのまま悠の膝の上で丸くなった猫を見つめ、正晴はふっと苦笑を零した。

それに心臓の鼓動がトクンと跳ねる。

そんな風に口元を緩めて笑ったりすると、荘志とやはりよく似ている。

それにいちいち見惚れそうになっている自分に苦いものを感じて、悠はそっと目を伏せた。

「アイツはあんな横暴な性格をしてるわりに、捨てられたガリガリの小動物とか見ると放っておけないタチでね。そうやってシマもアイツが拾ってきたのを、祖母が面倒みてたんだよ」

懐かしそうに語られた言葉に、なぜか胸の内に苦いものが広がっていく。

自分もそうして拾われた捨て猫のうちの一匹だと、そんな風に言われた気がした。

正晴は左手の腕時計に目をやると、『しかし、荘志は遅いな』と呟いた。

「まぁ、店のことはともかくとしてもだ。君のような子がこんな遅い時間までこの家でふらふらとしているのは、やはりあまりよくないな。……私が送っていこう」

今日は思った以上に店が混んでいるのか、荘志はまだ帰ってくる様子がない。それを気遣っての提案かもしれなかったが、正晴がぽろりと告げた『君のような子』という言葉が、鈍く胸につき刺さった。

髪を染めたり、だんだんとピアスの数を増やしていったのは悠自身だが、そんな半端ものの高校生がふらふらと夜遅く、この家に出入りしているのを見られたら、荘志までおかしな目で見られてしまうのかもしれない。

「…いいです。自分で帰れますし。ここから、そんな遠くもないので」

「そうなのか?」

「はい」

頷いて、そそくさとテーブルのテキストを集め、席を立つ。

荘志はもともとなにも言わないし、当然のように自分の分の食事まで用意してくれていたため考えもしなかったが、まさか彼の迷惑になっているとも気づかずに、平然と入り浸っていたのが恥ずかしかった。

できるなら今日も彼の帰りを小梅やシマとともに出迎えたかったが、それは贅沢な望みというものだろう。

……明日からは、もう少し早く帰ろう。

この家に通える日にちが、あとどれくらいあるのか分からない。だがその間だけでも、荘志に迷惑をかけたくはなかった。

「お邪魔しました」

靴を履いたあと、玄関でぺこりと頭を下げる。するとシマだけでなく、珍しく奥の部屋から小梅までもがひょいと顔を出してきて、『まだご主人が帰ってきてないのに、どこ行くの？』といった顔で首をかしげた。

そんな二匹に、後ろ髪を引かれるような思いを振り切って小さく手を振ると、悠は暗い夜道へ足を踏み出した。

久しぶりにファストフードでの味けない食事を済ませたとき、すでに時刻は十時半を回っていた。

寒空の中急いで家へと向かい、玄関先で鞄の中をゴソゴソと探っていると、チャリーンとなにやら涼しげな鈴の音が響き渡った。

足下近くに転がっていたのは、赤い鈴のついた銀の鍵だ。それを目にした瞬間、悠は『あ…』と声を漏らした。

どうやら荘志から預かっていた鍵の存在をすっかり忘れて、家まで持ち帰ってきてしまったらしい。

「これ、まずい…よな」

鍵がなかったら、荘志が明日出かけるときに玄関の鍵を閉められずに困る気がする。だとしたら今すぐ返しに行くべきなのか、それとも明日の朝、学校に行く前に彼の家に寄って届ければいいのか。

「随分、遅いお帰りだな」

悩みながらも落ちたそれに手を伸ばしかけたとき、闇の中から響いてきた声に、悠はばっと背後を振り返った。

――いつからそこにいたのか。

シャッター付きの大きな車庫からぬっと現れたのは、長身の黒い影だ。

「……英和、さん」

その男と視線が合った瞬間、ぞわっとしたものが背中を這い上るのを感じた。

どこか疲れを滲ませた仄暗い瞳。それにじっと見つめられるのは、あの雨の夜以来だ。

一見、刈り込んだ後ろ髪や穏和そうな顔立ちをした英和は、爽やかなスポーツマンタイプに見えなくもないのに、その瞳だけはいつもどこか暗くよどんでいる気がする。

まるで悠の一挙手一投足を見張っているかのような、この従兄のべったりとした粘つくような視線が、悠は昔からひどく苦手だった。

「悠。お前……ここ最近いつも帰りが遅いそうじゃないか」

「…アンタには、関係ないだろ」

意識しているわけじゃないのに、答える声が掠れそうになる。

だがそんなおびえを感じ取られまいとして、悠は気丈にもその目をきつく睨み返した。

「関係がないわけないだろう。俺はお前の兄代わりなんだぞ?」

兄という響きに力がこもるのを、ぞっとしながら耳にする。

英和は穏和そうな口元に、にこりと笑みを浮かべた。

「それに、お前の行動が東雲の家に泥を塗るのを放ってはおけないしな。父さんからも、よく見張っておくようにと頼まれていることだし」

家長である秀典の言葉は、英和にとっても絶対だ。

今年の春、英和は父の口利きの元、同じ系列の保険会社に就職した。そのまま社員寮へと入ってくれたときは心の底からほっとしたものだが、英和は今もこうしてなにかと用を作っては、実家にもちょこちょこと顔を出してくる。

それも、伯父夫婦のいない時間帯ばかりを狙ってだ。

それが嫌で、なるべく家には早い時間から寄りつかないようにしていたというのに、今日は厄日らしい。

扉の前で立ちつくしている悠を尻目に、英和は腕を伸ばすと、さっと素早い仕草で足下の鍵を拾い上げた。

「うちのじゃないな。……どこの鍵だ？」

赤い鈴の部分を摘み上げた英和を目にして、悠は慌てて手を伸ばした。

「返せよ！」

「おっと」

だが悠より頭一つ分背が高い男は、その手が届かぬようにひょいと頭の上まで持ち上げると、珍しく刃向かってきた悠をジロリと睨み下ろした。

「おい。俺に向かって、そんな態度でいいと思ってるのか？」

そうして空いている方の腕で悠の喉元を掴み上げると、ダンと後ろの扉へ叩きつけてきた。

「…つっ」

喉を締め付けられる息苦しさと、後頭部を思いきりガツンと打ち付けられた衝撃で、一瞬、目の前に小さな火花が散った。

「え？　俺に口答えしていいなんて、いつ誰が言ったんだ？」

英和は、伯父に似て大柄な体格をしている。その体重でのし掛かられるように押さえつけられると、悠は途端にびくともすることができなくなってしまった。

「お前ときたら、本当に年々生意気になるよな。うちに寄生しているだけの、恥さらしな商売女のガキのくせに」

せせら笑うように吹き込まれた台詞に、カッと頭に血が上るのを感じた。

厳格すぎる家に耐えられず、若くして家を飛び出した母が未婚で自分を産んだあと、水商売に入ったことは周知の事実だ。

優しくしてくれる男にはめっぽう弱く、恋愛関係にはまりこんではすぐに別れて泣きわめく。そんな子供っぽいところもある母だったが、それでも悠にしてみればたった一人の肉親だった。

「返せって言ってんだろ！」

力任せに押さえつけてくる身体から逃れようとして、ばたばたと激しく手足を動かす。それにカチンときたのか、英和は悠の頬をパンとはたいたあと、脇腹のあたりを思いきり膝で蹴り上げてきた。

「……っ」

目の前が赤く染まる。

悠がぐ…っと身体を二つ折りにして痛みを堪えていると、英和は上から覆い被さるようにしてその身体を寄せてきた。

「ほら…、さっさと立てよ」

耳元で、はぁはぁとした荒い男の息を感じる。英和は自分よりも弱い者をいたぶることで、興奮を覚えるたちらしい。

制服の隙間をたどるように、生暖かい指先が首筋からつつ…と服の中へと滑り込んできた瞬間、ぶわっと全身に鳥肌が立つのを感じた。

「触…んなっ！」

……逃げなければ。

今すぐここから立ち上がって、走りださないといけない…。

「英和？　あなた帰ってきてるの？」

だがそんな緊張感をふっと和らげたのは、伯母の好子の声だった。

「か、母さん…」

たった今、帰宅したばかりといった様子でハンドバッグを抱えた伯母の好子が、母屋の裏口から顔を出す。

「悠ちゃんも…。こんな時間に、二人してどうかしたの？」

好子は離れの玄関先で蹲っている悠と、自分の息子を見比べると、不安そうな顔付きで首をかしげた。

「いや…。ちょうどそこで悠と会って。なんだか具合が悪いようだったから送ってきたんだ。……ほら、悠。立てるか？」

母が帰ってきた途端、作り物とは思えないような好青年の笑みを顔に張り付けた英和は、媚びるように悠へ手をさし伸べてきた。

その腕に二度と触れられたくなくて、思いきり振り払う。

同時に、英和が手にしていた赤い鈴のついた鍵を飛びかかるようにして奪い返すと、視界の端で、綺麗に化粧を施された伯母の横顔が歪むのが見えた。

「悠ちゃん…」

伯母からみれば、親切な従兄に、悠が一方的に突っかかっているようにみえたに違いない。

だがそれにいちいちいいわけをする気にもなれず、悠はぺこりと頭を下げると、逃げるように離れの中へ滑り込んだ。

伯母の前でこれ以上の醜態を晒したくはなかったし、なにを言ったところでどうせあの従兄が、自分に都合のいい話だけをしてこの場を誤魔化すだろうことは、これまでの経験からもよく分かっていた。

「平気だよ、母さん。かなり気分が悪いみたいだからそっとしといてやろうよ。……それより父さんは一緒じゃないの？　確か今日は本社の役員さんたちとお食事会だと聞いてたけど」

「ええ、そうなの。夕食は一緒にしたのだけれど、まだ少し仕事が残っているとかで、パパはまた会社のほうに戻って…」

母の前で狡猾な自分を隠す術を心得ている英和は、どうやら今日は伯父夫婦ともに出かけていると知った上で、あそこで悠の帰宅を待っていたらしい。

もし伯母が帰ってきてくれなかったらと思うと、ぞっとした。

……こんなのは、たいしたことじゃない。

別に自分はなんともない。こんな些細なことで傷ついたりもしない。

いつもと同じ言葉を、何度も何度も心の中で繰り返す。

頬を思いきり張られたときに唇の端が切れたのか、ぺろりと舐めると口の中に少しだけ錆びた鉄の味が広がる。

手の中には、英和から取り返した銀の鍵がある。大事なそれを取られずに済んだことに、ほっと小さな溜め息が出た。

気が付けば、なぜかカタカタと指先が震えていた。

それでも手の中の鍵をぎゅっと握りしめていると、不思議と気持ちが落ち着くような気がして、悠は暗闇の中でいつまでもそれを握りしめていた。


――――どうしようか。

すっかり見慣れた引き戸を見つめて、悠はぼんやりと立ちつくした。

朝を待たずに再び荘志の家へやってきたのは、やはり鍵を今日中に返しておこうと思い立ったからだ。

英和と顔を合わせたあと、悠は嫌なことは忘れてしまおうと扉の鍵やチェーンまでしっかりかけて布団の中へと潜り込み、きつく目を閉じた。

だがいつまで立っても眠りの気配はおとずれてくれず、目は冴えるばかりだ。テレビをつけっぱなしにしていても、いつものような安心感が得られることもなく、気が付けば逃げるようにあの離れから出てきてしまっていた。

……荘志のところに行きたい。

鍵を早めに返さないといけなかったからなんて、そんなのはただのいいわけにすぎないことは、自分でも分かっている。

さきほど布団の中でずっと思い浮かべていたのは、あの温かな香りが漂う古ぼけた居間だった。

荘志が台所で食事を作る音や、猫たちが丸まって眠るソファ。優しい空気に満たされたあの家が無性に恋しくなって、そう思ったらなぜか居ても立ってもいられなくなってしまったのだ。

鍵と財布だけをひっ掴んで電車に飛び乗ったまではよかったが、実際に荘志の家が近づくにつれて、悠の足取りはだんだんと重くなった。

窓からは、かすかな明かりが漏れている。

どうやら荘志はまだ起きているらしい。だが夜の十二時に近いこの時間に、さすがに人様の玄関の戸を叩くのは気が引けた。

……鍵だけでも、ポストに入れておこうか。

だがそれでは不用心すぎる。それに、ここまでわざわざやってきた意味もなかった。

別に、中まであげてもらわなくてもいいのだ。

玄関先でいい。鍵を返して荘志に『おやすみ』を言い、ついでにシマさんのあのふっくらとした柔らかい背を撫でさせてもらえたら……そうしたら、今夜は安心して眠れる気がした。

せめて、電話を一本してからくればよかった。

だが自分は荘志の家の電話番号など知らないし、荘志自身のこともそれほど知っているわけではない。

古い平屋で一人暮らしをしていることや、趣味がバイク旅行と料理であること。口は悪いがその腕は一流で、数年イタリアで修行して帰ってきたあと本格派のシェフとして、料理雑誌からの取材を何度も受けていること。

そんな一般的な話ならバイト仲間からも聞かされていたが、彼と自分ではあまりにも接点がなさすぎて、本来なら知り合いになるような間柄ではなかった。

どちらかというと通りすがりの通行人にも等しい。そんな自分が、ただ夜に眠れなかったからという理由でこんな時間に押しかけても、嫌がられるのは目に見えていた。

……やっぱ、帰ろう。

そう決めて引き戸に背を向けた途端、ぱっと玄関先が明るくなる。同時にガタガタとガラスの引き戸が鳴るのを聞いて、悠は『え？』と振り返った。

「お前、そんなとこでなにやってんだ？」

開け放した扉から出てきた荘志は、そこで立ちつくしている悠を見つけ、驚いたように目を見開いた。

「やけにシマさんが玄関先でにゃあにゃあ鳴くなと思って見にきたら、なんだ？　もしかして忘れもんか？　それにしたって、またお前はこんな時間にフラフラして…」

――――あ。

荘志の眉がぎゅっと寄せられるのを目にした瞬間、胸の奥にズキッとわけの分からない痛みが走り抜けるのを感じた。

分かっていたことだが、ここまであからさまに嫌そうな顔をされるとは思わなくて、顔が上げられなくなる。

「…ごめんっ。あの、これ、さっき返しそびれてて。それだけだからっ」

ずっとお守りのように握りしめていた鍵をポケットから取り出し、荘志に差し出すと、悠はくるりと背を向けた。

これ以上、迷惑そうな表情を見たくはなかった。

「おい、待て。これから帰るつもりか？」

だがその手首を、ぐいと掴まれて立ち止まる。

なぜか掴まれたところが、ひどく熱かった。

「……へーき。まだ、電車あるし」

「そういう問題じゃないだろ。いいからあがれ」

そう言うと、荘志は自分のあとをついてきた小梅を抱き上げ、さっさと部屋の中に戻ってしまった。

一瞬だけ悩んだものの、自分の足下へすり寄ってきたシマに背を押されるように、おずおずと玄関の中に足を踏み入れる。

「悠、お前今日のメシはどうしたんだ？　帰ってきたらお前じゃなくて、兄貴がいたぞ」

「あ…。ちょっと、用があって。…外で食べたから」

悠が慌てて告げると、荘志は『ふうん』となにやら気むずかしそうな顔をしながら、台所に入っていった。

その顔を見て、『まずかったかな…』と思う。

いつも荘志の用意してくれる夕飯は、とても美味しい。店で出すものと違って、おでんだったり、手作りの餃子だったりとすごく庶民的で、けれどもとても温かくて幸せな味がした。

もしかしたら、今夜も悠が食べていくと思って準備してくれていたのかもしれない。

なにも言わずに帰ってしまったことを申し訳なく思いつつ、ちらりと座卓に視線を向けると、料理写真の載った本やノートなどが広げられていた。

なんだか新鮮な気がした。荘志みたいな立派なシェフになっても、まだ勉強することがあるのかと不思議な気持ちになる。

「ほら」

座卓の前で座って待っていると、しばらくしてトンと出されてきたのは、小さなホイップクリームが乗ったココアだった。

ココアなんて、はるか昔、母に淹れてもらって飲んだ記憶ぐらいしかない。

また子供扱いされているなとは思ったが、悠はせっかく荘志に淹れてもらったそれを、『どうも…』とありがたく素直に受け取った。

口をつけてみて驚く。

「すげ…なにこれ。メチャクチャうまい」

記憶の中の甘ったるい既製品とはまるで違う、香ばしいカカオの香りが口の中に広がっていく。それに浮かべてあるホイップクリームがまろやかに甘く、カカオのすっきりとした苦みとコクを引き立てていた。

喉の奥から染み渡っていく、その温かさにもほっとする。

自分では気づいていなかったが、どうやら外をうろついていたせいですっかり身体が冷え切っていたらしい。

夢中になってふーふーしながらココアに口をつけていると、なぜかその様子をじっと見つめている荘志と目が合った。

「……なに？」

ふいに伸びてきた荘志の手に顎先をクイと持ち上げられ、悠はその姿勢のまま固まった。

……う、わ…。

男らしい端整な顔がずいと近づいてきたのに気づいて、慌てて息を止める。

相変わらず、荘志はなんの予告もなく無遠慮に人に触れてくることがある。

だが苦手だったはずの人とのこうした接触が、なぜか今は嫌だとは思わなかった。

それよりも、息が苦しい。

「お前、口んとこ切れてねぇか？」

人の顎を掴んだまま、しげしげと見つめてきた荘志は、悠の唇を見つめてくっきりとした皺をその眉間に刻んだ。

息もかかりそうな至近距離から荘志にじっと覗き込まれると、それだけで心臓が破裂しそうなくらい鳴り始める。

ばくばくと、血液の流れる音が耳に響いてうるさいくらいだ。

「ちょっと…ぶつけ、て」

答える声が掠れてしまっていないか。顎に添えられた手に、かすかな震えが伝わってしまわないか。

そんなことばかりが頭の中をぐるぐると占め、ろくな答えが返せなくなる。

「ふん」

荘志は悠の言葉に鼻を鳴らすと、そのまま傷口を検分するみたいに悠の唇を親指の腹ですっとなぞった。

瞬間、全身に甘い痺れのようなものが走り抜けていき、その感覚にぎゅっと強く目を閉じる。

荘志の指先は、悠の傷口を確かめるとまたすぐ離れていったが、触れられた部分がいつまでもジンジンと痺れているような気がして、悠は軽い目眩を覚えた。

……なんだろ、これ。

なんなんだろうか、これは。

こんな感覚は初めてだ。

首筋から耳たぶまで熱くなっている自分を悟られたくなくて、慌ててココアの残りを飲むふりをして俯くと、荘志はなにやら考え込むようにして腕を組んだ。

「お前の家、確かここから電車で四駅くらい先だっけか？」

「…うん」

多分、それを飲んだらさっさと帰れと言われるのだろうと思いつつも頷くと、荘志はまるきり反対のことを口にした。

「なら今夜はうちに泊まっていけ」

「え…」

「明日の朝、早めにメシ食って出りゃ、制服を着替えに寄る時間くらいとれるだろ」

思わず視線を上げて、その顔を見つめてしまう。

「…いいの？」

「こんな時間から、お前みたいのを一人で帰すほうが危ない」

言いながら荘志は『今すぐ帰りたいっつーなら、沢渡から車借りてくるけどな』と呟いたが、それには慌てて首を振った。

こんな時間に勝手にここへきたのは、悠自身だ。そんなことを荘志にはさせられない。

「お前みたいのって……、どうせアンタはまたガキのくせにって言いたいんだろうけど、別に女じゃねーんだし、家くらい今からでも一人で帰れるよ？」

唇を尖らせると、荘志は『ばーか』と悪態を吐いた。

「ガキじゃねーから、なおさらやめとけって言ってんだ」

「……どういう意味？」

「お前な、自分の顔を鏡で見たことねーのか。ったく、そこらの女子高生よりよっぽど小綺麗なツラしてやがるくせに。そういう感覚がお前の場合、ほんと男だよな。いつも夜遅くまでふらふらしやがって。あぶなっかしい」

「はあっ？」

いきなりなんの冗談かと面食らう。

会うたび『今日も可愛いね』などと、どこまで本気か分からないようなことをぺろっと口にしてばかりの沢渡ならばまだしも、荘志がそんな歯の浮くような台詞を口にするなんて、なんの間違いかと本気で疑う。

だが別におかしなことを言ったつもりはないというように、『なんだよ』と憮然と返してきた荘志に、悠は一瞬にしてぼっと耳まで赤くなった。

――――も、もしかして、本気で言ってんの？

「あ…アンタ、だって、俺のことぜんぜん、か…可愛くないとか言ってたくせに」

あたふたと挙動不審になりつつも、そんなわけないだろうと言い返すと、荘志は目を細めてフンと鼻を鳴らした。

「お前の口が達者で生意気なのは事実だろーが。だからって、顔が悪いなんて言った覚えは一度もねーよ」

きっぱりと言われて、言葉を失う。

荘志は飄々とした態度のまま奥の部屋へと入っていくと、なにやらがたごとと箪笥の中を探り出した。

「ほら、着替えとタオル。今風呂沸かし直してやるから、とっとと入ってこい。歯ブラシは洗面所の鏡の裏に新しいのが入ってるから、適当に引っ張り出して使っていいぞ」

言いながら、手の中にポンと着替え一式と、悠が畳んだバスタオルを渡される。

ついでのように頭をくしゃりと撫でられて、悠はますます赤くなった顔を上げられぬまま、『…どーも…』と小さく呟いた。


風呂からあがって出てくると、荘志はビールを片手に座卓に向かっていた。

「お風呂、もらいました」

「おう」

その背中にそっと声をかける。すると荘志は『奥に布団敷いといたぞ』と手にしていたボールペンで、奥の部屋をさした。

「え？　俺、ここのソファでいいんだけど…」

「こんな狭いところで寝たって、寝たような気がしねぇだろ」

まさかそこまで迷惑をかけるつもりはなく、毛布だけ貸してもらえれば畳にごろ寝でも構わないと思っていたのだが、わざわざ布団を敷いてくれたのだと知って、恐縮してしまう。

「……んなことしなくていいのに。っていうか、八木さんがやらなくても、俺に言えばやったのに」

ちらりと悠が腕に巻かれた包帯へ視線を向けたことに気づいたのか、荘志はなんでもなさそうな顔で手を振ってみせた。

「もうほとんど痛みもねーから、気にすんな。あとは抜糸さえ済めば終わりだしな」

抜糸という言葉に、ひやりとしたものが背を伝う。

――こんな風にしていられるのも、あと少し。

分かっていたことなのに、一日も早く邪魔なそれがとれることを期待していると分かる荘志の言葉に、自分でも意味もなく胸が切なくなるのを感じて、悠は慌てて話題をそらした。

「あ……あのさ、これって、八木さんの服？」

貸してもらったのは、長袖のTシャツと部屋着のパンツ。それから少しだぼついた黒いパーカーだ。

「なんだ？　足の長さが合わないのは俺のせいじゃねーからな。文句言うなよ」

少しだけはしょってある裾をにやにやと見下ろされ、ぐっと息を詰める。

「…んなこと誰も言ってねーし。じゃなくてさ、……もしかして八木さんて、沢渡さんとおそろいの服とか持ってたりする？」

「はぁ？　気色悪い話すんな。だいいち俺とアイツじゃ趣味からして違うだろうが」

「……だよね」

沢渡がスーツやかっちりとしたシャツを好むのに対し、荘志はいつ見てもグレーや白のシンプルな動きやすい服ばかり着ている。

ということは、渡されたこのパーカーも、やはり荘志のものなのだろう。

あの雨の日、帰り際に沢渡から渡された黒のパーカー。次の日に、ちゃんと洗濯して店で沢渡に返したはずのそれが、なぜか今、荘志から渡された服の中に紛れていた。

――八木さんの、だったんだ。

そういえば、『これ、ありがとうございました。あったかくてすごく助かりました』と沢渡に袋に入った服を渡したとき、『あー…うん。そっか。わざわざ洗ってくれたのか。そんなことしなくてもよかったのに。分かった、ちゃんと伝えとくね』と話していたことを思い出す。

自分の服なのに、なんだかおかしなことを言うものだと思ったのだが。

ということは、あの日、シャツ一枚で凍えていた悠に服を貸してくれたのは、本当はこの人だったのか……。

沢渡からなにか言われたのか。それとも敵意をむき出しだった悠に、自分からと言っても素直に受け取らないと思ったからなのか。

本当の理由は分からないが、荘志自身が沢渡を介して自分に服を貸してくれたのは、間違いがないのだろうと素直にそれは確信できた。きっと、今と同じように。

荘志は、そういう面倒見のいいところがあるのだ。

最初からそうだった。自分のほうが腕を怪我してるくせに、人を心配して駆け寄ってきたり、なにも言わずにご飯を作ってくれたり、今もこうして急に押しかけてきた自分に、布団まで敷いてくれたりしている。

――なんだか、自分まで彼の猫になったような気分だ。

当たり前のように面倒見てもらって、ときどきその手に撫でてもらって。

それがこそばゆいのに嬉しくてたまらないのだなんて、恥ずかしくてとても言えそうになかったけれど。

『ふうん…。そっか』と口の中でなにやらよく分からない声をむにゃむにゃ出しつつ俯くと、急に荘志は立ち上がって、茶箪笥から小さなプラスチックケースを取り出してきた。

「悠、こっちこい」

「へ?」

なんだろうと思いつつもとことことそばへ歩み寄っていく。すると、くいと再び顎を捕らえられた。

「口、開いてみな」

「…なに?」

「いいから」

再び至近距離で見つめられて、今日何度目か分からない空気の熱さに視線をそらす。

だが荘志がじっと見つめてきているのは肌で感じられて、悠は震えそうになる唇を薄く開いた。

口の中に、長い指先がそっと差し入れられる。それにぞくぞくとした震えが背中から駆け抜けていく。

――な、なんで…?

人に口の中を触れられるなんて、歯医者以外では初めてだ。

指先が舌に触れるのを感じて、喉の奥がコクリと鳴る。荘志はやがて差し入れていた指を引き抜くと、中を覗き込むようにして検分し始めた。

「中は…切れてないか」

呟きで、彼がなにを確認していたかにようやく気づく。

ついでに荘志はプラスチックケースから薬を指先にとると、前回と同じように悠の傷口にそっと薬を塗った。

「お前な、いくら男だからって、あんまりその顔や身体にぽんぽん傷なんか作んじゃねぇよ」

そう呆れたように囁かれ、悠は再び激しく狼狽せずにいられなくなる。

「な、なに、言って…」

「せっかく綺麗なツラに産んでもらったんだ。大事にしろってこと」

……やめてほしい。恥ずかしさに、またカーと頭に血が上るのを感じた。

顔が上げられなくなる。

女の子じゃあるまいし、これまで自分の容姿を意識したことなどほとんどなかったし、沢渡になにを言われても『相変わらず、おかしな人だよな…』と呆れるだけで済んでいたのに、なぜか荘志に言われるとたまらなく恥ずかしかった。

まさか、こんな風に彼から面と向かって褒められる日がくるとは思っていなかったからかもしれない。

クソガキとか、生意気なチビだと言われてるほうが、よっぽどマシな気がする。

そんなガラじゃないはずなのに、可愛いとか、綺麗だとか言われて照れるだなんて、本気で自分はどうかしてしまったんじゃないだろうか。

だが荘志はそんな悠を気にもせず、プラスチックケースの蓋を閉めると急に真顔になった。

「お前……確か今は母親が海外に行ってて、伯父さんちにやっかいになってるって言ってたな。もしかして、その伯父さんとやらはすぐに殴るような男なのか」

「…違うよ…」

「嘘を言うな」

低い、まるで怒ったような声で問いただされ、唇を噛む。

荘志が伯父の秀典を疑っているのは想像がついたが、それに悠はのろのろと首を振ることで答えを返した。

「嘘じゃないって。……伯父さんは、俺のことにそれほど興味なんかねー人だから」

じっと見下ろしてくる男の視線は、相変わらず鋭い。

最初のとき以外、その目を怖いなんて思うことはなくなっていたのに、嘘を許さぬような無言の重圧に耐えきれず、悠は仕方なくしぶしぶと重い唇を開いた。

「……伯父さんちに、年の離れた従兄がいてさ。なんつーか、これは兄弟ゲンカみたいなもん。あっちは坊ちゃん育ちでエリートのサラリーマンだから、俺みたいな出来の悪い従弟が離れに住み着いてるのが、我慢ならないいんだろ」

「出来が悪いって、お前の高校は晴嵐《せいらん》だろうが。あそこに通ってて出来が悪いとかって、そりゃ嫌味か？」

まさか荘志が、悠の通う高校について知っているとは思わなかった。

「どうして…」

「うちの兄貴があそこの出身だからな。ブレザー見りゃすぐ分かる。都内でもかなりレベルが高い進学校で、めちゃくちゃ頭が良くないと入れねーってとこだろ」

「……でも、俺が入ったのはまぐれみたいなもんだし。あそこって入っちゃえば結構校風も自由だから、こんな中途半端な俺でも通えてるだけで」

高校に入るまでは、確かに悠も勉強しまくった。

少しでも世話になっている伯父夫婦に認められたくて、必死だった。

だがそうして手に入れたはずのキップが、かえって家の中を混乱させることになるとは思ってもみなかったけれど。

「入るまでが大変なんだろうが。うちの兄貴はもともとガリ勉タイプだからな。お前もそれだけ頑張ったってことだろうが」

「でもそのせいで、かえって家ん中ぎくしゃくさせただけだったし」

「どういう意味だ？」

苦く吐き捨てるように呟いてから、言いすぎたと気づいてはっとなったが、幸いこの場で聞いているのは荘志しかいない。

悠はなんだか自分の中にある荷物を抱え続けているのが馬鹿らしくなって、ふっと口を開いた。

「伯父さんの通ってた高校も、晴嵐でさ。祖母ちゃんができたら孫にも同じように晴嵐に行かせたいって言ってたから、俺もなんていうか、必死になって勉強して…」

初めて母に連れられてあの家に行ったときから、あまり会話をしたことのなかった伯父だったが、それでも悠なりに気に入られようと必死だった。

母が夜のスナックで働きながら、一人で子育てすることに疲れ果てていたことは知っていたし、そのため実家にしばらく預けられることになったときも、嫌だとは一言も言わなかった。

伯父は、『こんな小さな子供を実家に預けっぱなしにするなんて、どこまで非常識なんだ』とひどく憤慨していたが、祖母だけは優しく迎えてくれた。

自分がいい子にしていれば、母もこれ以上責められずに済むし、伯父からも嫌われずに済む。

どこかでそういう気持ちもあったし、初めて会った親戚と少しでも親しくなれたらと、憧れじみた気持ちを抱いていたのも事実だ。

大学生だった英和も、『悠は晴嵐を目指してるのか。まぁお前には少し厳しいかもしれないけど、目標があるのはいいことだしな。頑張りな』と応援してくれていたし、ダメ元でやれるだけはやってみようと思ったのだ。

それが全ての間違いだったことに気づいたのは、その合格通知が届いてからのことだった。

「なんとなく、途中からおかしいなとは思ってたんだけど。受かったって伝えたとき、みんな急にシンとなっちゃってさ。伯母さんなんか、『どうして…』ってすげー困った顔しか見せなくて」

そしてあとから知ったのだ。

伯父夫婦の自慢の息子である英和が、中学受験のときはもちろん、家庭教師までみっちりつけて臨んだ高校受験のときにも晴嵐には受からずに、泣く泣く近所の私立高校へと通っていたことを。

プライドの高い英和はそんなことはもちろん悠には言わなかったし、伯父夫婦も『どうせ落ちるだろうから、受けるだけ受けさせとけばいい』と高を括っていたのだろう。

それまで悠は、塾にすらろくに通っていなかったのだから。

「つまり、ご自慢の一人息子のプライドが激しく傷ついたと」

「まぁ、たぶん…そんなとこ」

結局、悠が晴嵐に受かったことを心から喜んでくれたのは、祖母一人だけだった。

祖母の手前、恵まれない従弟相手に優しくしてやってはいたものの、心の底では馬鹿にしきっていた英和の態度は、それから一変した。

激しくプライドを傷つけられた形になったことで、それまで溜め込んでいた鬱屈がいっきに噴き出したのだろう。

両親や祖母がいる前では、さすがになにかしかけてくることはなかったが、彼等から見えないところでは悠を口汚く罵るなんていうのは当たり前の話で、ときには手や足が出ることもあった。

伯母はそんな息子を気遣ってか、奇跡的とはいえ受かってしまった悠の高校について、あとからこっそり『晴嵐はちょっと遠いし、辞退したらどうかしら』などと口にしてきた。

苦労して合格した悠にはそれが信じられなかったし、祖母が喜んでくれているのを知っていたため、伯母や英和からの不興を買っても、そのまま晴嵐に通うことに決めた。

今から思えば、ずいぶんとつまらない意地を張ったものだと思う。

あれからますます英和の嫌がらせはエスカレートしているし、それに気づいているのかいないのか、伯母は習い事を増やして家にいる時間が少なくなった。

そんなときにたった一人の味方だった祖母まで他界してしまい、全てが馬鹿らしくなった悠は、勉強自体を放棄してふらふらと遊びほうけた。

夜の街をさまよっているとき知り合ったガラの悪い友人とつるみ、彼等にすすめられてピアスも開けたし、煙草も覚えた。

だがそんな生活は、一年としないで飽きてしまった。苦い煙草など初めから美味しくもなんともなかったし、バカ騒ぎをしたところでいつもどこか冷めた顔をしている悠を、仲間たちもクソつまらない人間だとすぐに離れていった。

かといって、今さら真面目で頭のいいクラスメイトたちにも馴染めず、ただふらふらとするだけの毎日。

まるで自分は居場所のないコウモリみたいだと思う。動物の王国にも、鳥たちの王国にも入れず、行き場がないまま夕方の間だけ空をふらふらさまよう。

だがおかしなことに、そうして悠がふらふらしているほうが、家の中は妙に落ち着いていた。

伯父は出来の悪い甥っ子に顔をしかめ、伯母は預かりものの子よりも立派に育った自分の息子を、遠慮なく人前で褒めることができる。

無理して入った進学校についていけずに、堕落した悠を眼下に見下ろして、英和は『それみたことか』とせせら笑った。

結局のところ、やっかいものは出すぎず、目立ちすぎずがいいらしい。

それも今年の春にようやく英和が家を出ていってくれたことで、ピリピリとした空気も落ち着いたと思っていたのが。

最近のあの男は、なんだか病的だと思う。会社で気に食わぬことがあるたび、わざわざ家に戻ってきては悠に当たり散らす。それだけならまだしも…。

さきほど、掴みかかられたときの息の熱さを思い出し、ぞっとする。

「バッカじゃねぇのか。肝っ玉がちいせぇな、その兄貴もオヤジも」

だが心底呆れたようにそう吐き捨てた荘志に、悠は目を瞠った。

「まぁ、そんなアホな連中のことを気にして、さして興味もなさそうなピアスなんかしてるお前もアホだけどな」

浅はかな自分の中身を見透かされたような気がして、かぁっと頬が熱くなる。

「別にっ、…そういうんじゃ、ねーけど」

初めからそんなつもりだったわけではない。だが仲間に勧められて軽い気持ちで始めたそのスタイルを今も続けているのは、そのほうが精神的に楽だという悠自身の逃げがあったことは事実だ。

遠慮なく、ぐさぐさと心を抉るような言葉を吐く荘志に、苦笑する。

悠が誰にも言えず、胸の中で鬱々と抱えていた悩みを、『アホか』と笑い飛ばされたことはちょっぴり腹立たしく、そしてなんだかすっとした。

「その従兄ってのは、よく家にくるのか」

「え？　いや、ときどき帰ってくるだけだし…」

今日は待ち伏せされていたとまではさすがに言えずに誤魔化すと、荘志は『ふうん』と頷きながら、ポケットに手を突っ込んだ。

「これは、お前が持ってな」

「え？」

「どうせ毎日うちに寄ってんだし、いちいち返さなくていい。遅くまであちこちふらふらしてるくらいなら、うちで猫の相手でもしとけ」

手の上に載せられた赤い鈴のついた銀の鍵を、信じられない思いでじっと見つめる。

「……前から思ってたんだけどさ。アンタそんなに簡単に、俺なんかに、鍵とか渡していいわけ？」

まさかずっと持っていていいと言われるとは思わなかった。急に手の中に戻ってきたそれに嬉しさはあったが、なによりもその気安さに驚いてしまう。

まだ荘志とは知り合ったばかりだというのに、そんなに簡単に自分の家の合鍵を渡したりして、本気で自分がここに居着いたりしたら、どうするつもりなんだろうか。

「はぁ？　どういう意味だよ」

「不用心すぎじゃねぇ？」

だが心配する悠とは対照的に、荘志はそれにぶふっと噴き出した。

「…なんだよ」

これでもけっこう、本気で心配してるのに。

「いや。……もしなにかを盗られるんなら、もうとっくに盗ってるだろ。それにうちに盗られて困るもんなんかねーしな」

そういう意味で聞いたのではないのだが、確かに言われてみればそのとおりだ。

「あ、シマさんと小梅は盗られたら困るか。アイツら、この家の中しか知らねーし」

「……んなひどいことしねーよ」

いくら可愛くても、あの二匹をこの優しい家から勝手に連れ出したりなんかしない。

ぶすっとしたまま答えると、荘志はもう一度小さく噴き出して、悠の頭をくしゃりと撫でた。

「知ってる」

……わ。

目を細めて笑った荘志の顔に、目がちかちかした。

これまでそんな風に優しく笑う荘志を見たのは、シマたちと話をしているときぐらいだったため、急に自分に向けられたことに思いきり驚いてしまう。

心臓がばくばくして、苦しいぐらいだ。

そんな悠の様子などかまいもせず、荘志は『ほら、お前はとっとと寝ろよ。明日起きられなくなるぞ』と奥の部屋を指さした。

それに小さく頷き返し、悠は再び手の中に戻ってきた鍵を強く握りしめた。

ちりちりと綺麗な音をさせた、小さな鍵。

それを荘志からもらえたことが、言葉にできないほど嬉しかった。


奥の部屋を覗くと、荘志のベッドの隣に客用の布団が一組敷いてあった。

押し入れには、少しだけ隙間が開いている。そこは小梅がよく隠れるための場所だった。

今はもうすでに中に入り込んで寝ているのか、その姿は見えなかった。

「……あのさ、ここ開けといてもいい？」

しばらく悩んだものの、悠は隣の部屋との間にある襖を少しだけ開けた。

荘志は変わらず座卓の前で、なにやら本をめくっている。どうやら来月のメニューを考えているらしいのだが、彼が開いている本じたいからして日本語ではなかったので、よくは分からなかった。

英語とも少し違う表記であるところを見ると、たぶんイタリア語なのだろう。

「別にいいけど、まだ俺は寝るつもりはねーからな、明るいしうるさいぞ」

「いいよ。俺、いつもテレビつけたまま寝てるし」

反対に、静かすぎるとよく眠れないのだ。

それに開けておいたほうが、シマも小梅も好きに出入りできるはずだった。

荘志はそれを聞いて小さく溜め息を吐いたが、結局はなにも言わずに『好きにしろ』と軽く肩を竦めた。

「ちゃんと寝とけよ。寝不足だと明日学校がきついぞ」

「うん。でも誰かさんと違って、若いからへーき」

「…いいからとっととと寝ろ。クソガキ」

憎まれ口を叩いた途端、丸めた雑誌で軽く頭をはたかれそうになり、慌てて逃げ込むふりをして布団の中へ滑り込む。

できればもう一度、さっき荘志が見せた笑い顔が見たかったけれど、荘志はそれきり悠には興味をなくしたように、ふいと本に視線を戻してしまった。

鼻の上まで顔を出して、こっそりとその横顔を見つめる。

広い肩幅。長い指先。パラパラと本のめくれる音。

シマが、その隣でゆったりと毛繕いをしている。

それらをじっと眺めているうちに、悠はなんだか今すぐ声を上げて泣きたくなるような、その背中に思いきり抱きつきたくなるような衝動がこみ上げてくるのを感じて、慌てて頭から布団を被った。

……触りたい。触りたい。触ってみたい。

綺麗に刈られた短い襟足も、その広い肩幅も。

なによりさっき荘志がしてくれたのと同じように、できることならその少し薄めの唇に、そっと指先で触れてみたくてたまらなかった。

ずっと眺めていたら、衝動のまま抱きついてしまいそうで、顔を布団に押しつけるようにして必死に堪える。

同時に、——ああ、なんだ。そうかと、悠はようやく理解した。

……分かってしまった。

こんな時間に訪ねたら、荘志の迷惑になるかもしれないと知っていて、それでもどうしてこの家にきたくてたまらなくなったのか。

荘志のあの手に触れられるたび、どうしてそこが火傷したみたいに痺れて熱くなるのか。

その声で名を呼ばれると、なぜあんなにも切ない気持ちになったりするのか。

それらの理由が、全て一つの答えに繋がっていく。

祖母と二人で暮らしていた頃に似ているこの温かな部屋も、毛繕いしている猫も。ここにあるものは全てが優しい愛しい。

でもなによりも切ないほど望んでいたのは、きっとただ一人の存在だった。

……荘志のことが好きだ。

好きで、たまらなく好きで、気づけば心が溢れ出すのが止められなくなっている。

頭をくしゃりと撫でられたとき、鍵をもらったとき、息が止まるくらいに嬉しくなったのも。

全ては彼が好きだったから。

だが同時にそんな気持ちを抱くことじたい、意味がないということも、痛いほどよく理解していた。

ひょんなことから知り合い、お互いに関わることにはなったけれど、荘志にとって自分はただの通りすがりにも等しい存在でしかないのだ。

その上、恋心もなにもない同性相手から、そうした目で見られることがどれだけ不快で気持ちが悪く、また精神的にきついものなのかは、なにより悠が一番知っていることでもあった。

あの雨の夜、英和に無理矢理のし掛かられ、身体中を撫で回された苦い記憶は、今も悠の中で落ちない泥のようにこびりついている。

――嫌われたくない。

好きになってほしいなんて、そんな贅沢なことは望まない。

ただ、できることなら荘志にだけは嫌われたくなかった。

あの心の奥まで見透かすみたいな鋭い眼差しに、侮蔑の色を込めて睨まれたら。その想像だけで死ねる気がした。

なら絶対に、知られたりしない。……絶対に。

悠は生まれて初めて知ったばかりの行き場のない恋心を、心の奥底へと再び沈めるように、布団の中できつく奥歯を噛みしめた。


「ええっと……沢渡さんのお子さん、ですか？」

学校帰りいつものように店へ寄った悠は、スタッフルームにて帳簿をつけていた沢渡を見て、目をぱちくりさせた。

沢渡の膝の上には、艶やかな黒髪を二つのオサゲで分けた四～五歳ぐらいの女の子が、お人形のようにちょこんと乗っていた。

店でも人気の一品であるイチゴの乗ったミルフィーユを口いっぱいにほおばったその少女は、さすが沢渡の娘というようなとてもキュートで可愛らしい顔立ちをしていた。

「あはは。こんな可愛い子なら俺も是非産んでみたいもんだけど、残念ながらはずれ。美波《みなみ》は荘志の姪っ子なんだ」

「……ってことは、もしかして正晴さんの？」

「あれ、東雲君は正晴のことを知ってるの？」

「知ってるっていうか、昨日、八木さんの家でばったり会って……」

「荘志の家で？　でも荘志が店を出る時間って、君よりずっと遅いよね？」

「ええ。……なので、今八木さんの代わりに先に家に行って、シマさんたちのエサをあげたりしてるんで……」

「へぇ」

説明すると、沢渡は目を瞬かせ、ちょっと不思議な顔をしてみせた。

それにバツの悪さを覚える。どうやら自分が荘志の家に出入りしていることを、沢渡も知らなかったらしい。

もしかして正晴と同じように、沢渡も苦い顔をするのだろうか。そう思うと居たたまれなくなってふいと視線をそらした瞬間、こちらをじっと見つめてくる二つの瞳と目が合った。

言われてみれば、その黒くくるりとした力強い眼差しは、優しげな顔の沢渡よりも荘志や正晴によく似ている気がする。

美波と呼ばれた少女は、猫のような大きなつり目をぱちぱちと瞬かせると、悠の前で小首をかしげた。

「……痛い？」

「え？」

「痛いの？」

どういう意味だろうと思いながら、おっかなびっくり顔を近づけていく。

こんな小さな子と会話をする機会はあまりないので、なんとなく緊張してしまう。

こちらの全ての動きをじっと見つめてくる黒い瞳が、まるで小梅みたいだと思う。そのままじっとしていると美波は沢渡の膝の上から手を伸ばして、悠の耳へ触れてきた。

小さな指先が、左の二つ並んだピアスに触れた途端、まるで火傷したみたいにぱっと引かれる。

「ああ、大丈夫。……これはもう、痛くはないんだ」

ただの興味と、安っぽい自己犠牲のために開けられたピアスは、今も左に二つ、右に一つ、並んでいた。

小さな銀のボールと、太いリングの刺さった耳たぶが、幼い子供の目には痛ましく映ったらしいと知って、思わず苦笑を零す。

悠が『大丈夫』と笑ってみせたことで触れてもいいと理解したのか、彼女は再び手を伸ばすと、冷たいリングの感触を確かめるようにそっと耳に指を這わせた。

だがそれだけではなく、なぜか小さな指先はすいと移動して、悠の唇の端にも触れてくる。

一瞬、ぴりっとした痺れのような痛みが走り抜けた。

そこは昨夜、英和に殴られて切れた場所だった。

少しだけ赤くなっていたそこを、まさかこんな小さな子に見咎められるとは思わず、悠は慌てて口元を押さえた。

「あれま。珍しい。どうやら美波は東雲君のことが気に入ったみたいだね」

沢渡の話によれば、美波は普段は人見知りが激しく、知らない相手へ話しかけたりしないらしい。

沢渡の膝からぴょんと下り立った少女は、皿の中から大きなイチゴを選んでフォークに突き刺すと、なぜか悠に向かって『はい』と差し出してきた。

「え…っと？」

「お。美波ってば、そーんなに大きなイチゴをあげちゃうのか。これは東雲君、かなり本気で気に入られたねぇ。パパが知ったら泣いちゃうかもよ」

これ、どうしたらいいんだろ…？

背後の沢渡へ助けを求めるように視線を向けたが、沢渡はただにやにやと笑っているばかりだ。

「あの、このイチゴ…、俺がもらっちゃっても、いいのかな？」

仕方なく美波に視線を戻しておそるおそる尋ねると、彼女は真剣な眼差しでこくりと頷いた。

それに背を押されるようにイチゴへと手を伸ばす。だが指先が触れる前に、ずいと口元までそのフォークを突き出されてしまった。

……もしかして、このまま食べろってこと？

人になにかを食べさせてもらうなんて、子供の頃以来かもしれない。

背中がこそばゆくなるような照れくささを感じながらも、おずおずと唇を開くと、新鮮な赤い果実がそっと舌の上に押し込まれた。途端に口の中いっぱいに芳醇な香りとさわやかな甘ずっぱさが広がっていく。

美波のくれたイチゴは口の中だけでなく、悠の胸の中にまでふわっとした柔らかなもので満たしてくれた。

思わず『ありがとう』と微笑むと、ほっとしたように少女の顔もほころぶ。

ついでのように、その手のひらで頭のてっぺんをよしよしと撫でられ、悠はようやくそこで『あ…』と気が付いた。

――どうやら自分は、慰められていたらしい。

悠の痛みを敏感に察した少女が、彼女なりに必死に慰めようとしてくれていたらしいことを知って、それには思わず感動してしまった。

こんな風に、誰かに純粋な気持ちで気遣われるなんて、どれくらいぶりだろうか。

可愛らしい仕草に、自然と口元が緩むのが分かる。

「なんだ？　随分と楽しそうだな」

「そーし」

美波が、彼の名を呼ぶ。

その名を聞いただけで、視線が合っただけで、どくどくと心音が激しく跳ね上がった。

「なんだ。どうかしたのか？」

固まってしまった悠の様子に気がついたのか、荘志は不思議そうな顔で首をかしげたが、悠が『別に…』と視線をそらすと、ふうんと頷きながら沢渡のほうへと歩いていった。

「沢渡。これ来月のコースの叩き台な」

「うん、どれどれ？」

「メインの魚はスズキのスカロップ、肉は仔牛のタリアータ。それからチョイスは新しくラビオリと手長海老のパデラータの他に、ホタテ中心でもう二、三品増やしてみようと思ってる。パスタのほうは先月よく出たトマトのタリオリーニをしばらく定番に入れることにして、他にもちょっと試してみたいものが…」

「あー、そろそろホタテや牡蠣《かき》がいい季節だしね。でもこのチョイスって、全部変えちゃうの？　鴨のスペシャリテとかは人気があるんだし、残してみたら?」

「予算が合うならな」

「うーん…そっか。ちょっと他店の仕入れとも相談してみるよ」

真剣な顔で仕事の話をしている二人の姿に、ついぼうっと見入ってしまう。

再び沢渡の膝によじ登って残りのケーキを平らげていた美波に、荘志が『うまいか?』と尋ねると、小さな頭がこくりと揺れた。

――あ…。

その頭を、大きな手のひらがくしゃりと撫でるのを目にしたとき、悠はそうかと合点がいった気がした。

美波はさっき、あれを真似たのだろう。たぶんそうやっていつも、荘志に撫でてもらっているのに違いなかった。

二人の微笑ましいそのやりとりをいいなと思うのと同時に、妙に切ない気持ちが胸の奥からこみあげてくるのを感じて、きゅっと唇を噛みしめる。

あの手に撫でてもらえるのは、自分だけじゃない。

分かっていたはずなのに、実際それを目にしたら、思っていたよりもへこんでいる自分がいることに気づいて、悠は苦く自嘲した。

子供に嫉妬してどうするんだ…。

しかも美波は彼の姪っ子なのだ。なんの繋がりもない、ただの通りすがりにも等しい自分など、その足下にも及ばないというのに。

それに――やめておこうと決めたはずだ。

昨夜、彼に敷いてもらった布団の中で、悠はなかなか眠ることができなかった。

かすかに荘志の香りがする服を着て、彼の隣で眠る。こんな贅沢なことは二度とないだろうと思うぐらい嬉しかったはずなのに、胸の中はなにかが詰まったように苦しくなるばかりで、とても眠るどころの話ではなかった。

ようやくうとうとできたのは、荘志もとっくに眠りについた、明け方に近い時間だった。

たとえどれだけ想ったところで、意味がないと知っている。

それにただ苦しいだけの望みなど、今さら持ちたくなかった。

だからこそ、早いうちにこの恋はやめておこう、なにもなかったことにしようと、昨夜布団の中でそう固く誓ったはずなのに。

やめよう、気にしないようにしようと思えば思うほど、気が付けば荘志のことばかりを目で追ってしまっている気がする。

自分の心なのに、まるで自分の思うようにならない。こんなことは初めてだった。

「おい。どうした？」

「え…？　うわっ！」

着替え途中のまま、ぼーっとしていたのを見られたらしい。

息もかかりそうな至近距離から荘志に覗き込まれているのに気づいて、悠は声がひっくり返るくらい驚いた。

「うわっ…て、お前な。人の顔を見た途端になんなんだ、それは。やっぱり寝不足なんじゃねぇか？　もしきついようなら、今日は無理せずに帰っても…」

「いえ、ちゃんと仕事はやれますから。ちょっとぼーっとしてただけで、別になんともねーし…っ」

追い返されてしまいそうな流れを感じて、慌てて首を横に振る。

荘志はしばらく腕を組んでなにやら考え込んでいたが、やがて溜め息をひとつ吐くと、小さく頷いた。

「ならこれからパスタを打つから、手伝えるか？」

「あ…、はいっ。すぐ行きます」

そう告げて先に厨房へと戻っていった荘志のあとを追うように、悠もロッカーから新しいエプロンを取り出すと、慌てて服の上に身につける。

「東雲君」

だが、スタッフルームを出る直前に沢渡から声をかけられ、悠は『はい？』と振り返った。

「大丈夫？　もしかして、体調悪いの？」

「や。違います。本当になんともなくて…」

「そう。ならいいけど。……なんか悪かったね」

「な、なんで沢渡さんが謝ったりするんですか？」

思わぬ謝罪を受けたことに、ぎょっとする。

「いや、こっちの都合で長いことこき使っちゃってるし。今だから言っちゃうけど、本当はさ、二、三日だけでも店にきてもらえば君の気も済むだろうし、それで終わりにするつもりだったんだけどね。でも東雲君がすごくいい働きしてくれるから、ついついこっちも甘えちゃって…」

「そんなのぜんぜんいいです。使ってほしいって言ったのは俺のほうだし。なのに、なんか俺、ぜんぜん役に立ててなくて…」

「え？　そんなことないよ。荘志もすごい助かってるって言ってたよ？」

とくり、と心臓の音が跳ねるのが分かった。

「八木さん、が…？」

「うん。こっちがなにかを言う前に、次はなにしたらいいのか、どう動けばいいのかすごくよく見て動いてくれるから、指示が楽だって言ってた。それに勘もいいから、一度言えばたいていのことはすぐに覚えるって。アイツにしては珍しくベタ褒めしてたよ。だいたい最初はあんなド素人を厨房に入れるなって渋ってたくせに、あとになって『おい、アイツもう少しここにこさせろよ』って言いだしたのも荘志のほうだし」

初めて耳にする話に、目を見開く。

まさかそんな風に荘志が自分のことを評価してくれているとは、思いも寄らない事実だった。

それどころか、いつも怒鳴られっぱなしで邪魔扱いされているとさえ思っていたのに。

「アイツは自分が有言実行な分、他人にも結構厳しいところがあるからね。シェフになるって決めたときもそうだったしなー。自分でバイトして渡航費用貯めて。家族の反対押し切って、本当に高校卒業したその日にイタリアまで旅立っちゃったし」

「そう…なんですか」

「うん。でもその代わり、お世辞とかを言うような奴じゃないから、君のことは本当に買ってるんだと思うよ」

沢渡の言葉を疑っているわけじゃない。荘志がつまらないお世辞を言うような男じゃないことは、まだ知り合ったばかりの悠にでも分かる。

その彼が、自分をこっそり褒めてくれていたという事実が、胸に響いた。

耳が、急に熱くなる。

「やっぱり慣れないことを続けてると、疲れも溜まるだろうし、明日は東雲君もゆっくり休んでね」

「……あの、明日って？」

「ん？　明日、うちの定休日なんだけど…あれ？」

知らなかった？　と尋ねられて、こくりと頷く。

明日は、お休み…。

ということは、荘志のそばにいられる数少ない一日が、削られてしまうことになる。

それに気づいた途端、それまで熱くなっていた耳たぶが、急速に冷えた気がした。

……本当に、なんなんだろうか、これは。

さっきから一人で、一喜一憂してばかりいる。

荘志に関するささいなことを耳にしては、ものすごく嬉しくなって心臓が跳ねたり、突然しょんぼりと気持ちが沈んだり。

好きって、こういうものなのか。誰かを好きになるのは、こんなにも苦しくて、怖いものなんだろうか。

まるで世界の中心が、荘志を軸に回っているような気さえしてしまう。

あと何日、ここへくることができるのかは分からない。

……せめてそれまで、与えられた仕事はしっかりやろう。

他に自分が彼のためにできることは、なにもないから。

改めてそう心に決めると、悠は厨房へ向かいつつ腕をまくった。

店が定休日となった日、悠は久しぶりに学校帰りにどこへも寄らず、まっすぐ家へと帰った。

……荘志の家に寄ってみようかと、迷わなかったかといえば嘘になる。

だが久しぶりの休みの日にまで彼のところに居座って、迷惑をかけたくはなかった。

それに……このまま長い時間、荘志とともに過ごしていたら、ありえもしない望みを抱いてしまいそうでそれが怖い。

「悠。ちょっと待て」

離れへと向かう途中、母屋のほうから声をかけられた悠は、そこでぴたりと足を止めた。

「伯父さん…」

一瞬、また英和かと身構えたが、母屋の裏口から出てきた人物が伯父の秀典であるのに気づいて、ほっと息を吐く。

まだ夕方の早い時間から、秀典が家にいるのは珍しかった。

いつも口元をへの字に曲げている秀典は、どこかむっとしているような、気むずかしい顔をしている。

「お前に話がある」

だが今日ばかりはその声に、本当に苛立ちが混じっているのを感じて、悠は訝しげに目を細めた。

「……なんですか？」

「なんですかじゃないだろう。お前、ここのところ毎日遅くまで出歩いてるそうじゃないか。一体、どこでなにをしてるんだ？」

珍しくこんな時間から顔を見せたと思ったら、そういうことか…。

どうやら悠が受験勉強もせずに、毎日ふらふらしていることが、秀典の耳にも入ったらしい。

やっかいな人物にばれたと知って、舌打ちしたくなる。

本来なら悠のことなどそう気にもしないはずの伯父に、余計なことを吹き込む人物がいるとしたら、それは英和しかいなかった。

先日の一件で、彼のプライドが傷ついたらしいことは容易く想像がついていたし、これはその仕返しのつもりなのだろう。

「それにお前、受験勉強はちゃんとやっているのか。そろそろ出願の時期だろう。いくらエスカレーター式だとはいっても、大学まで楽にあがれると思ってたら痛い目をみるぞ。晴嵐はそんなに甘くないと前にも言ったはずだろうが」

「伯父さん。……俺、大学には行きませんから」

伯父の小言を途中で遮るように告げると、途端に秀典は太い眉をぎゅっと寄せ、ひどく渋い顔をしてみせた。

「お前は……まだそんなふざけたことを言ってるのかっ！」

「ふざけてなんかいません。就職希望だってことは前から担任にもちゃんと伝えてありますし、その線で進路も探して…」

「それがふざけていると言ってるんだ！」

怒鳴り声が、びりびりと鼓膜に響く。

伯父は普段はどちらかというと静かな男だが、一度怒りに火がつけば止まらないことは知っている。

それでもここで気圧されるわけにはいかないと、悠は皺の刻まれた男の顔を、まっすぐに見つめ返した。

「どうしてですか？　俺なりに、これでも真剣に考えて…」

「どうしてもこうしてもあるか。子供は大人の言うことを聞いていればいいんだ。……なにが就職希望だ。高卒でろくな仕事にも就けなかったら、一生の傷になるんだぞ！　なんのためにわざわざ高い学費を払って、晴嵐に通わせてやってると思ってるんだ」

強く奥歯を噛みしめると、ギリ…と鈍い音が頭蓋骨に響き渡った。

——傷というのは、一体誰の傷になるというのか。

高卒を恥ずかしいと思っているのは伯父であって、悠ではないのに。

そう言い返したい衝動を、ぐっと飲み込む。

学歴などで人の価値を計らなくても、自分の生き方を自分自身でちゃんと決め、目標に向かって生きている人たちはたくさんいる。

荘志は高校卒業後に単身でイタリアへ渡り、言葉も不慣れな中で何年も修業に励んで、最終的にはあちらでも三つ星レストランを任せられるほどの立派なシェフになったのだと聞いている。沢渡も高校こそ中退してしまったらしいが、今はいくつかの店のオーナーとして活躍しており、その業績もよく従業員たちから慕われていた。

そんな彼等を見ていても、尊敬しこそすれ、大卒の伯父や英和に劣るとは決して思えないのに。

「……そんなに、恥ずかしいですか？」

思わず、自嘲をこめた苦い笑みがぽつりと唇から零れる。

「なに？」

「伯父さんが気にしているのは、この家の体面なんでしょうけど。心配なんかしなくても高校を卒業したら、俺はここから出ていきますから。そしたら誰も俺のことなんて気にしなくなりますよ。伯父さんのことを責める人も…」

「ふざけるな！　そんなことは許さんっ！」

だが全てを言い終える前に、ぱんっと小気味のいい音がして、一瞬、目の前が赤く染まった。

伯父に頬をはたかれたのだと気づいたのは、そのあとだ。

――――伯父さんが、叩いた…。

これまで、英和から嫌がらせのように殴られたことは何度もあったが、伯父に叩かれたのは初めてだ。

ぴりぴりと痺れるような左頬の痛みよりも、伯父に初めて手を上げられたというその事実に、悠は思いもかけないショックを受けていた。

思わず、握りしめた手のひらにぎゅっと力がこもる。

……なら、どうしろっていうんだ。

この近辺は、昔から東雲の親戚が多く住んでいる。口さがない親戚連中がなにかと寄り集まっては、ことあるごとに秀典の家の中にまで口を出し、あることないこと噂し合っているのも知っている。

伯父が悠の生活態度や大学進学にこだわるのは、そうした親戚筋への牽制のためだ。

だがなによりも、悠の存在を一番恥だと思っているのは、たぶん伯父本人に違いなかった。

だからこそ、少しでも箔をつけようとして必死になっている。

伯父夫婦にはなに不自由ない暮らしをさせてもらったことに感謝しているし、自分のせいで周囲からあれこれ言われていることに関しても、申し訳なく思う。

だが――血の繋がった身内にまで、『そこにいるだけで恥だ』と思われながら生きていくのは、正直しんどかった。

一刻も早く悠がこの家から出たほうがお互いのためだとも思うのに、なぜ伯父はそれを執拗に反対するのか。その理由が分からなかった。

「ともかく、俺は受験なんてしませんから。特別にやりたいこともないのに、大学に行っても意味なんかないと思うし。卒業したら、ここを出る意志も変わりません」

すでに何度目になるかわからないやりとりだとは思ったが、改めてきっぱりと自分の意志を告げておく。

伯父の期待に応えられないのは申し訳なかったが、これ以上、周囲の親戚たちとよく似たあの英和の、ゴミを見るような視線に晒されながら生きていくのは、ゴメンだった。

悠の意志が固いことを感じとったのか、伯父は重々しい溜め息を吐き出すと、やがてお前はなにも分かっていないと、苦く首を横に振った。

「ここを出て、それでお前はどうするんだ。……まさかアイツのもとにでも行くつもりか？」

「…アイツって」

「そんなのは考えるだけムダだぞ。早苗《さなえ》のやつは、お前のことなどまったく考えておらん」

――母さん？

なぜここで、いきなり母の名が出てくるのだろう？

四年前、夫の転勤についていった母は、現在もシンガポールで暮らしている。悠がこの家を出たとしても、海外まで押しかけていくつもりなどまるでなかった。

「シンガポールにいる母さんに頼ったりなんかしません。俺は俺で、ちゃんと…」

「早苗なら、もう日本に戻ってきている」

一人でやっていくつもりだからという言葉が、宙に浮いた。

「……は？」

一瞬、言われた言葉の意味が分からなかった。

思わず伯父の顔を見つめる。

だが伯父の顔はこんな時でも気むずかしいままで、とてもなにかの冗談を言っているようには見えなかった。

「旦那の転勤が終わって、今は埼玉《さいたま》の川越《かわごえ》で暮らしてるそうだ。中古だが、小さな家も買ったらしい。向こうにいるときに、女の子が生まれたことはお前も知ってるだろう。お前の妹だ。その子がまだ小さくて手がかかるのと、……今の家は狭くて遠いから、お前のことは引き取れそうにないと、そう言っていた」

ゆっくりと言い聞かせるように語られる伯父の言葉が、なぜか頭の中をすり抜けていく。

向こうで妹ができたことは、悠ももちろん知っている。

その妹がまだ小さいから飛行機にも乗れず、日本にもしばらく戻れそうにないと話していたのは、確か去年の話ではなかったか。

一体、いつ。いつから日本に――――。

悠の頭の中をぐるぐると駆け巡っている疑問に気づいたのか、秀典は『…今年の春からだ』とむっつりと答えた。

「今年の、春…」

全身から、急速に血の気が引いていくのを感じた。なぜか頭から水を被ったように、手足が冷たくなっている。

今の季節は、十一月になろうとしているところだ。つまり伯父の話が本当ならば、半年以上前から、母は新たな家族とこちらで生活していたことになる。

「まさか……」

伯父の言葉を疑っているわけではない。だがその話を今すぐ信じるには突拍子もなさすぎて、すとんと自分の中に落ちてこなかった。

そんな悠に秀典はその唇を引き結ぶと、なぜか母屋の裏口からずかずかと家の中へ入っていった。しばらくしてまた戻ってきたその手には、白い封筒が一通、握られていた。

無言でずいと差し出され、のろのろとそれを受け取る。表書きには、見覚えのある懐かしい字で伯父の名前が綴られていた。

母の字だった。

最近はメールばかりで、彼女から手紙をもらうことはなくなっていたが、見てすぐにそれと分かった。

そういえば、彼女から最後にメールをもらったのはいつだっただろう？

あれは悠の誕生日だったから、夏の終わりだ。つまりそのときには、もう日本に帰ってきていたことになるわけで――――。

「……昔から、自分勝手で愚かな妹だったが、今度という今度は私も愛想が尽きた。アイツは自分のことしか考えていない。お前が、今さらアイツのところにのこのこと出向いて行ったって、追い返されるのがオチだ。やめておけ」

甘い期待はするな、現実を見ろと、そう言い聞かせるように諭す伯父は、悠のためを思ってわざときついことを言ってくれているのだろう。それはよく分かっていた。

だが、そんな心配は無用というものだ。

四年も別々に暮らしてきたのだ。今さら母にはなにも期待していない。叶わない夢もみたりしない。それは子供の頃から、誰に教えられるでもなくそう決めていたことだった。

だがそれでも、そんな大事なことさえ自分にはなにも知らせてもらえていなかったという事実に、悠は思った以上に打ちのめされていた。

「大丈夫です。……期待とか、したことないし」

『大丈夫』だと、いつものように小さく笑ってみたものの、なぜだかうまく笑えた気がしなかった。

そんな悠を見下ろしていた伯父は、なぜか奥歯が痛むような奇妙な顔をして、眉間の皺をさらに深く刻んでいた。

なんだか、おかしいなと思う。

伯父に告げたとおり期待など一度もしたことないはずなのに、どうして——こんな風に胸の真ん中に、ぽっかりと大きな穴が空いたみたいな気がするんだろう?

「ともかくアイツがアテにならない以上、お前の保護者はこれからも私だ。未成年のうちから働いて外で暮らすだなんて、俺は許さんからな。もう一度、担任ともよく相談してから進路のことは決めろ。やりたいことが見つからないと言うが、それはともかく大学に入ってからでも考えればいいだろう。……話はそれだけだ」

言うだけ言うと、伯父は再びくるりと背を向けて母屋に入っていった。

悠も離れの鍵を開けると、中へと滑り込む。

靴を脱いだ途端、膝から力が抜け落ちて、悠はまるで糸の切れた操り人形のように、かくりとその場に座りこんだ。

手の中には、白い封筒が握りしめられたままになっている。

伯父が渡してきたのだから、中を見てもいいということなのだろう。

表書きの懐かしい文字。それをそっとなぞったあと、悠は震えそうになる指先で、中から四つに畳まれた厚めの便せんを抜き出した。

今すぐ読みたい気もするし、ずっと読みたくない気もする。そんなごちゃ混ぜの感情の中、悠は一つ大きく肩で息を吸い込む。

ゆっくりと開いたその手紙には、母の近況と、悠への謝罪が綴られていた。

四月に夫の会社から辞令が下りて、日本に帰国したこと。生まれたばかりの娘のためにも、小さな家を買うことに決めたこと。

勝手な話ではあるが、新しい家はかなり狭いため、悠のことはそのままそちらで預かってもらえると助かるということも。

この手紙の存在を、伯父がなぜずっと隠していたのか、実際に目を通してみてその理由が悠にもなんとなく分かった気がした。

悠にはとても申し訳ないし、すまないと思っていると何度も書き連ねながらも、母の言葉は悠自身にあててはなに一つ書かれていなかった。

日本に戻ってきたことをいつ息子に告げるつもりなのか。

最終的に一緒に暮らすつもりがないのだということも含め、大事なことはなに一つ。

面と向かって告げるには、罪悪感が勝ってしまって言えなかったのかもしれない。

だからこそ母は自分では言いにくいことを、兄ならばきっと伝えてくれるだろうと信じて、この手紙を書いてよこしたのかもしれなかった。

「そんなの、気にしなくていいのに…」

『子供のあなたじゃ、外国暮らしは大変だと思うから』と、そんな理由にもならない理由をつけて一緒に連れていってもらえなかった時点で、なんとなく母と暮らすことはもう二度とないのかもしれない…と、そんな予感はしていた。

四年という月日は、決して短くはない。

その間、新しい家族とともに過ごしてきた母には、すでにそちらでの生活基盤ができていることも、うすうす理解していた。

それでも……できればたった一言、『ごめんね。でも、これからも別々のほうがお互いにいいと思うから』と、母の口からそう言ってくれていたなら。

そしたら自分は『大丈夫。俺のことは気にしないでいいよ』と、そう笑って答えたのに。

……彼女が望むなら、いくらでも、そう言ってやれたのに。

「は…」

なぜか鼻の奥がツンと痛んで、慌てて顔を手の甲に押しつける。

手の中にあった手紙が、くしゃりとつぶれる音がした。それは母と自分とをかろうじて繋いでいた、脆《もろ》い絆のようなものがつぶれた音に違いなかった。

――『大丈夫』という、そのたった一言すらも言わせてもらえなかったという事実が、胸に突き刺さるように痛かった。

一人には慣れている。

あちらの幸せを、邪魔をするつもりもない。

ただどうして――自分の口からそれを言ってくれなかったんだろうかと、そのことに関してだけは、逃げた母を卑怯だと思った。

もし自分を切り捨てることに罪悪感があったというのなら、せめて最後くらい自分の言葉で告げるだけの優しさを、みせてほしかった。

同時に、半年も前にこちらへ戻ってきていながら、一度も会いに来なかった母にとって、そんなにも自分はなかったことにしたい存在なのだろうかと思うと、喉の奥が押しつぶされるように苦しくなった。

――なんのために、自分はここにいるんだろう？

ふいに、そんな思いが頭をかすめる。

でもそれは考えてはいけないことでもあった。

こんなことで、いまさら泣くつもりはない。泣いてもムダなことが、この世の中には多すぎる。

ただ……いますぐ、荘志に会いたいと思った。

なによりも強く、そう思った。

ポケットの中で小さな音を鳴らしている鍵を、お守りのように握りしめたまま、悠は通い慣れた道を足早に歩いていた。

……こんな時間から急に訪ねたりしたら、また『お前は、なにしてるんだ』と呆れられるかもしれない。それでもいい。どうしても、今日中に荘志に会いたかった。

つい先日も、そんな風に思ってこの坂を登った。荘志は呆れながらも家に入れてくれ、温かなココアを出してくれたことを思い出す。あのとき胸の中にふわっと広がったあの不確かで温かなものに、もう一度だけ、そっと触れてみたかった。

だからこそ、目的地にようやくたどり着いたとき、家の中の電気がついていないことを知って、悠はかなりがっくりと落ち込んだ。

……いないのか。

買い物にでも出ているのだろうか。だとしたら、出直してきたほうがいいのかもしれない。

少しだけ悩んだものの、せっかく鍵を預かっているのだ。

荘志からも『ふらふらしてるくらいなら、うちで猫の相手でもしとけ』と言われている。シマや小梅に会えたらそれだけでも嬉しいと思い直し、悠はポケットの中ですっかり温かくなった鍵をそっと取り出した。

この古びた引き戸の鍵は、建て付けが悪いせいか、いつも開けるのに少しだけ手間どってしまう。

「それね、少し扉ごと押し込むようにして回したほうが、うまく回るわよ」

なかなかうまく回せずガタガタと扉の音を立てているうちに、見知らぬ声がかけられたことに驚いて、悠は手を止めた。

振り返ると、薄緑色のジャケットを羽織った綺麗な女性が、悠の手元を覗き込むようにして立っている。

――――誰だろうか。きっちりと施された化粧に、きらきらとしたネイルアートのなされた爪が美しい、大人の女性だった。

柔らかなウエーブを作った巻き髪が、背中へと流れているのもぱっと目を引く。

「あ、急に横からごめんなさい。私もよくそれで苦労してるから」

悠と目が合うと、彼女はきっちりとアイラインの引かれた目をにっこりと細めたが、悠は言われた言葉をうまくのみ込めず、その顔をぽかんと見つめた。

……よく？　よくってどういう意味だろう。

「荘志君は？　家にいないの？」

だがそんな悠には気づかず、彼女は悠が手にしている鍵と悠の顔を見比べながらそう尋ねてきた。

『荘志君』と彼女が名を呼ぶのを耳にした瞬間、ぎくりと身を竦ませる。すごく自然なその呼びかけが、彼女と荘志の距離の近さを表しているような気がした。

なんだろう。急に喉が渇いたみたいに、口の中が干からびていく。

「あ……の。なんか、今…出かけてるみたいで」

「ああ、そうなの。ええと……あなた、確かベル・ジャルディーノの新しいバイトの子よね？」

正確にはバイトではないのだが、他にいい説明が思い浮かばず、そのまま『…はい』と頷いておく。

悠がベル・ジャルディーノに入っていることまで知っているということは、彼女は店の常連客の一人だろうか。

厨房に入っていてほとんどホールに出ない悠は、客のこともときおりカウンター越しに見るだけなので、その顔まではいちいち覚えていない。

それにしても、なぜそのお客さんが荘志の家を知っていたり、ここまで訪ねてきたりしているんだろう？

その理由が掴めなかった。

「あの……申し訳ないんですが。八木さん、いつ戻ってくるかは分からないので…」

ともかく、早く帰ってもらいたかった。

いつものように近所へ買い出しに行っただけならば、少し待っていれば荘志も戻ってきそうな気もしたが、できることなら彼女と荘志をあまり会わせたくはなかった。

それにシマと小梅がいるこの家の中に、他人をあげたりもしたくない。

自分こそ明らかな他人のくせに、そんな風に考えてしまう己の狭い心に、悠は胸のあたりにちりちりとした嫌な罪悪感を覚えた。

分かってる。……これはただの、醜い嫉妬だ。

だが悠が追い返すまでもなく、目の前の女性は手首の腕時計にちらりと視線をやると、『うーん。そうね』と呟いた。

「そろそろ駅に向かわないと、私も飛行機の時間に間に合わないのよね。それに私が家に上がって待ってたりしたら、小梅さんも嫌がるだろうし」

小梅のことまで知っているのかと、かすかに目を見開いた。

――荘志とこの綺麗な女性は、いったいどういう関係なのだろう？

それを今すぐ尋ねてみたいような衝動にかられたが、同時にそれはかなり恐ろしいことでもあった。

聞きたくもない言葉が、その唇から語られてしまうような気がして。

「あ、そうだ。じゃあ君にお願いしてもいいかな？」

「なん…ですか？」

「これ、彼に渡しておいてくれる？」

小さなハンドバッグの中からなにやらゴソゴソと取り出した彼女の手には、白い鈴のついた銀の鍵が握られていた。

それを目にした悠は、言葉もなく固まった。

――これって…。

差し出されたその鍵には、嫌というほど見覚えがあった。

悠が手にしているものとよく似ている。違うのは、ついている鈴の色だけで……。

彼女は呆然としている悠の手に、鍵をのせると、『じゃあ、荘志君によろしく伝えといて』と軽く手を振ってから帰っていった。

その後ろ姿をぼんやりと見送る。

悠が来ていることに気づいたのか、シマがガラス扉の向こうでにゃあにゃあと鳴きながら、懸命に扉を引っ掻いている音がする。

だが悠はまるで置物にでもなったかのように動きだせないまま、長いことじっとその場で立ちつくしていた。

腕の中で寝ていたシマが、顔を上げてひくひくと鼻を動かした。

その直後、ガラガラと玄関の引き戸が開く音がする。どうやら荘志が戻ってきたらしい。

荘志は玄関先に並んでいた靴を見て、悠が来ていることには気づいていたのか、ソファの前でシマを抱いたまま座り込んでいる悠を見つけても、そう驚いた様子もなかった。

「なんだ、悠。お前、電気くらいつけろ」

すっかり暗くなった部屋に顔をしかめ、荘志が電灯のスイッチを入れる。

ぱっと部屋の中が明るくなり、悠はまぶしさに目を瞬かせた。

「ごめん…。なんかちょっと、寝てたみたい」

誤魔化すように告げると、荘志は『座ったままでか？　器用なやつだな』と少し笑った。

「買い物……行ってたんだ？」

「ああ。食料もだけど、洗剤とか他にも色々買いたいものがあったからな」

言いながら荘志は両手に提げていた大きなビニール袋を台所のテーブルに並べると、中身を取り出し始めた。それをぼんやりと見つめながら、悠は『ふうん』と小さく頷いた。

……言わないといけない。それは分かっている。

荘志がいない間に、すらりとした綺麗な女性が訪ねてきたこと。彼女から、この家の鍵を預かったことも。

だが、そう思っているはずなのになかなか声が出てこなかった。

ポケットの中には、荘志から預かった鍵と彼女が置いていった鍵が、今も二つ入っている。

さきほどそれらを恐る恐る重ねてみたら、案の定、鍵は双子のようにぴたりと重なった。それを目にしたとき、なぜか悠の唇には自然とほろ苦い笑みが浮かんだ。

自分はどうやら、身勝手な錯覚をしていたらしい。

この家に出入りを許されているのは、自分だけのような気がしていたのだ。

……バカだ。そんなわけないのに。

荘志は行き場のない自分を哀れみ、ちょっと雨宿りするための軒先を貸してくれただけに過ぎない。

なのに鍵を渡してもらったことで、自分だけは特別なのかもしれないと、そう思いこんでいたなんて。

そういえば荘志のもとには、遊びも含めて色々な女性の出入りがたえないのだと、正晴もそう言っていたはずだ。

ならあの綺麗な女性も、そうしたうちの一人なんだろうか。

……だとしたら、どうやったらそれになれるんだろう？

余計な期待はしないと決めたばかりなのに、懲りもせず、一瞬だけそんなことを考えた自分を本当に愚かだと思う。

「ほら」

俯いていると、ぺしりとなにかで軽く頭をはたかれた。

慌てて顔を上げると、荘志がなにか細い紙袋に入ったものを、悠に向かって差し出しているのが見えた。

それを反射的に受け取る。

「…なに、これ」

「開けてみな」

言われるまでもなく、止めてあったテープをそっと剥いで中身を取り出す。

中から出てきたのは、空色の綺麗な塗り箸だった。

――これ、知ってる…。

てっぺんに小さな彫り込みの入ったそれは、荘志がいつも使っている箸と同じものだ。

たしか職人の作で一つ一つが手作りなのだと、前にそう話していた…。

「……なんで…？」

「お前、その色が好きなんじゃないのか？　いま使ってるペンケースも、たしか水色だったろ」

聞きたかったのは、そういうことじゃない。

「いつまでも割り箸で食っててんじゃ、味気ねぇだろが」

だが悠の心の疑問が聞こえたみたいに荘志はそう言ってニヤリと笑うと、ぽんぽんと頭のてっぺんを軽く撫でてから、台所へ戻っていった。

瞬間、なぜか思いきり声を上げて泣きたくなった。

――好きだ。好きだ。この人が好きだ。

今すぐその広い背にすがりついて、大声を上げて叫びだしたい。

そんな甘い衝動を、悠は唇を噛んでぐっと堪えた。

代わりにもらったばかりの水色の箸を、手の中で大切に握ったまま、悠はその表面をそっと愛しむように撫でた。

もしかして荘志は今日、これを買いにいってくれていたのだろうか。

そう思っただけで、身体中が浮いているみたいにふわふわした。

自分のためだけに用意された箸。しかも荘志とおそろいの。

鍵のときと同様に、きっとこれも荘志にとってはただのささやかな贈り物にすぎないのだろう。だが悠には、これ以上ないというくらい幸せなプレゼントだった。

彼はいつも当たり前のように、自分の居場所を作ってくれる。それが嬉しい。たまらなく嬉しい。

自分だけが特別じゃなくても構わなかった。できるなら、まだここにいたいとそう思う。

「あの、八木さん。さっきさ…」

忘れないうちにと、ポケットの鍵を取り出しながら口を開く。

だがそのとき、悠は荘志の後ろ姿になにか違和感を感じて、まじまじとその姿を見つめた。

「……腕…」

「ああ、さっきついでに病院にも行ってきたからな」

違和感の正体にはすぐに気づいた。

荘志の左腕に、いつも巻き付けられていた白い包帯。それがなくなっている。

「抜糸も済ませてきた。これでようやく自分でなんでもできるようになったな。痛みはとっくになかったんだが、ともかく邪魔だったのと、包帯の中が蒸れたり痛がゆかったりで、できるだけ早く外してほしかったから、せいせいしたぜ」

ほら、と得意げに見せてくれたその左腕には、あの日の赤黒い傷はどこにもなかった。

代わりに白いラインが一本と、それを挟むようにぽつぽつとした縫い目のあとがかすかに見えるだけだ。

……綺麗に、なっている。

今はまだ少し生々しく思えるその縫い目も、あともうしばらくしたら、綺麗さっぱり消えてなくなるのだろう。

そうしたら――自分がここにいる理由も、なくなってしまう。

なぜか映りの悪いテレビみたいに、急に目の前がぶれて、耳の奥がキンと鳴った。

いつかその日がくることは、ちゃんと覚悟しておいたはずなのに、あまりにも急に訪れた別れの合図に、思考がついていかない。

「そうだ。沢渡からも伝言があったな。長いこと働かせてた分、ちゃんと給料は出すって言ってたから、あとで受け取りに行っとけよ」

「……そんなの、別にいい…」

のろのろと首を横に振る。

「なに言ってんだ。いいからもらっとけ。お前はバイトにきてる奴らより、よっぽど真面目に働いてたんだし、ちゃんとそれ相応の報酬はもらうべきだろうが」

本当に、そんなものは欲しくなかった。

――お金なんていらない。

欲しいのは、ただ一つ。ここにまだいてもいいと言ってもらえる、その理由だけだ。

「実際、お前がよくやってくれたから、こっちも助かった。最初はへっぴり腰でひょろひょろしてたから、すぐに音を上げるかと思ったのにな」

荘志からの褒め言葉が、なぜか今だけはぜんぜん嬉しくなかった。

「まぁこれで、お前も晴れて自由の身だな」

そんな自由、欲しくないのに。

――世界中から、そっぽを向かれた気がした。

いきなり真っ暗闇の道に放り出された旅人みたいに、悠は次に自分がどこへ向かえばいいのか、その道しるべも分からず立ち竦む。

吹きさらしの雨の中、ようやく見つけた軒先でなんとか立っていたのに、ここで立ち止まってはいけないよと追い立てられているみたいな気がした。

どこにも、居場所がない。

「どうした？　なんかお前、顔色が…」

荘志が訝しげにその眉を寄せると、突然、伸びてきた手のひらにぐいと顎をとられた。

それまで機嫌良さげに笑っていたはずの荘志の目に、なぜか急に剣呑な光が帯びていく。

「お前、またあの従兄とやらに殴られたのか？」

「……違う…」

「違わねーだろうが。左だけ赤くなってるぞ」

今回に限ってだけいうのなら、悠に手を上げたのは英和ではなかった。

だがそれを今ここで説明したいとは思えなかった。

今さら、どちらでも同じことだ。

なにも答えない悠に焦れたのか、荘志はチッと舌打ちすると、掴んでいた顎から手を離した。

「お前、その従兄になにか弱みでも握られてんのか」

「……別に、そんなんじゃないよ。前にも言ったと思うけど、ただの兄弟ゲンカみたいなもんだし…」

そんな誤魔化しは許さぬというように、荘志は無言のまま悠のシャツに指を引っかけると、グイとそれを引っ張った。

「兄弟ゲンカってのは、こんなことまでされるもんなのか？」

着ていたシャツが、無造作に胸のあたりまでたくし上げられる。

ひやりとした空気が触れ、身を竦ませる。荘志に脇腹の赤紫に変色したアザをじろじろと検分されていることを知って、悠は慌ててその手から離れてシャツを押し下げた。

そこは先日、英和に思いきり蹴り上げられてあざになっていた場所だ。

自分でもみっともないと思ってあまり見ないようにしていたそれを、荘志の目に晒されるのは、堪えられなかった。

「いくら世話になってる家の息子だからって、なんでこんなことまでされて、お前はなにも言わないんだ？　伯父さんとやらはなにしてる？」

「…伯父さんたちは、知らないし」

「なら、お前がちゃんと言えばいいだろうが」

呆れたような荘志の溜め息が、耳に痛かった。

「それともお前、もしかしてそいつのことが好きなのか？」

「は…？」

「だから、なにをされても黙ってんじゃないのか」

「まさか……」

そんなのはありえない話だ。

確かに初めて引き合わされたときは、従兄の存在が素直に嬉しかった。英和自身、まだそこまで悠に対して頑なではなかったこともあり、歳の離れた兄のように慕っていたことも事実だ。

だがそんなのは子供の頃の話だけだ。今はその顔を見ることすらしんどくて、逃げ回っているというのに。

どこをどうしたら、あの男を好きだなんて言葉が出てくるのか。

「お前、あの日も逃げてきたんだろ。俺が事故った日」

「……なに、急に」

まさかあの日のことを荘志が気づいていたとは思わずに、悠は顔を強ばらせた。

「どしゃぶりの雨ん中、薄着で走ってるやつがいるからおかしいなとは思ってたんだよ。そのうちフラフラっと道路にまで出てきたりしてな。つい気になって、お前が倒れてからもじろじろ見てた。……看護師が、お前の服を着替えさせてたときもな」

ざっと、全身から血の気が下がる。

荘志の言わんとしていることは理解できた。

……見られた。見られていた。

それに激しいショックを受けると同時に、自分の身をその目から少しでも隠すように胸のあたりを指先でぎゅっと強く掴む。

あの日、悠の身体に残されていた赤い歯形や、あちこちに吸われたような皮膚のアザ。それから強く押さえつけられたような指のあとも。

カタカタと、服を掴んでいた指先が無意識のうちに震えだす。

忘れたい泥のような記憶。その痕跡を、よりにもよって目の前の男に見られていたなんて信じたくない。

だが、荘志の重苦しい声を聞けばそれが事実であるのは疑いようもなかった。

……なら、最初から荘志は知っていたのか。

「お前が言いたくなさそうだったから、黙ってたけどな。もしお前がアイツを好きで、なにされても我慢してるんだっつーなら、俺もなにも言わねぇよ」

「違う！」

そんなことあるはずもなかった。

「あんなやつ好きじゃないっ。好きじゃない。そんなの絶対に…ありえないから！」

――だって、俺が好きなのは。

だがそれ以上の言葉は、喉の奥に貼り付いたように出てこなかった。

荘志の視線が怖くて、顔を上げられなくなる。

あの男にまるで汚れたゴミのように扱われたことを、彼にだけは知られたくなかった。

ましてや、そんな汚い自分が心の中では荘志のことをどう思っているのかなんて、口にできるはずもなかった。

「なら、どうしてなにも言わねぇんだよ」

「……言って、それでなにか変わんの？」

自慢の一人息子である英和と、やっかい者の悠の言葉のどちらを信じるかは、聞くまでもない。

また悠自身、英和に逆恨みされるのが面倒で、わざと自堕落な目で見られるようにずっと仕向けてきたこともある。

なにより悠を引き取ったことで、親戚中から白い目で見られているあの家に、これ以上、面倒な話を持ち込みたくはなかった。

「言わなきゃ、なにも変わらねぇだろ」

「でも、どうせあと少しで俺もあそこは出ようと思ってるし…」

「その従兄ってのは、とっくに家を出たのにいまだにお前に執着してるみたいじゃねーか。お前が家を出たところで、なにが変わるっつーんだよ」

彼が自分のことを心配して、色々と言ってくれてることは分かっている。

分かっていても長年続けてきたスタイルを自分から崩して、彼等に助けを求めるのは、ひどく勇気がいった。

それはある意味、彼等の息子を断罪することにもなる。

結局また黙り込んでしまった悠に、荘志は苛立った様子でその黒髪をがしがしとかくと、やがて大きな溜め息をゆっくりと吐き出した。

「お前な……黙っていい子にしてたら、誰かが褒めてくれるとでも思ってんのか？」

「……どういう意味…」

「そのピアスや、髪も。周りの望みにいくら合わせてやったところで、そんなの自己満足でしかないことくらい、自分でも分かってんだろーが。言いたいことも言わずに自分だけ我慢してりゃ、それで周囲はうまくいくんだから、それでいいとでも？」

ざくりと、喉元を鈍い刃で抉られた気がした。

「そういうのはな、思いやりでもなんでもない。ただの逃げっつうんだよ」

言われていることはいちいちもっともで、反論の余地すらなかった。

だが今の悠に、荘志の言葉は痛すぎた。

――――なら、どうすればよかったんだ。

殴られるくらい平気だ。罵られることも。

母は自らの幸せのために悠の存在を無視し、伯父たちは仕方がないと溜め息を吐きつつ、自分の面倒を見てる。

そんな中、これ以上見捨てられたくないと思ったら、なにも起きてないふりをするしかないじゃないか。

この広い世界で、自分の居場所だけがどこにもないないなんて、そんなことわざわざ知りたくなんかないじゃないか。

「いいよ……逃げでも。俺の場合、別に女とかじゃねーし。あんなの、慣れればそんなたいしたことじゃないし。それより些細なことで揉めるほうが、あとから大変で…」

英和になにをされたところで、自分は傷ついたりしていない。

だから気にしてもいないのだと、わざとそういう風に振る舞いたくて軽く口にした途端、なぜか荘志の切れ長の眉がぴくっと跳ね上がった。

「ああ?」

再び顎をグイと掴まれ、上向かせられる。

「お前……それ、本気で言ってんのか?」

黒い瞳に真上からきつく睨み付けられるのを感じて、悠はコクリと息を飲みこんだ。

こんな怖い顔をした荘志を見るのは……あの日以来だ。

あの雨の日も、荘志はふらふらと道路にまで飛び出してきた悠を見て、『なにやってんだ!』と頭ごなしに怒鳴りつけてきた。

だが今は、どうしてそんな目で彼が自分を見下ろしてくるのか、よく分からなかった。

「いっつも顔や身体に傷作って、好きでもない男に身体を弄り回されて。ビクビクおびえて夜もろくに眠れてねぇのが、たいしたことないだと？」

「ち…、ちが…」

まさか先日ここに泊めてもらった際に、悠が眠れずに何度も何度も寝返りを打っていたことまで、知られているとは思わなかった。

「なにが違うっていうんだ！」

低く追求する声に目を見開く。

本当に、あの日眠れなかったのは英和のせいではない。

でもそんなことは言えない。そんな重いことを告げて、迷惑そうな顔をされたら――。

そうしたら自分はその瞬間、胸が押しつぶされて息絶えてしまうだろう。

伯父に恥だと思われていても構わない。母に元からいなかったように扱われてもいい。だが荘志にだけは、彼にだけはそんな風に思われたくなかった。

「なら……どうしろっていうんだよ」

答える声は掠れてしまっていたが、それでも荘志の耳まではちゃんと届いたらしく、悠の顔を掴んでいた指先がぴくりと震えた。

「俺みたいなガキ…、他にどうやって生きてけばいいわけ？」

これじゃまるで生活のために、身体を売っているようにもとられかねない言葉だというのは、自分でも分かっていた。

誰かに傷つきそうなことを言われる雰囲気を察知すると、悠はわざとその前に自分から露悪的な言葉を先に振りまき、相手の口を黙らせようとしてしまう。そのほうが傷の痛みが少なく思えるからだ。

それでさきほども、伯父に殴られてきたばかりだというのに、本当に懲りないと自分でも思う。

荘志の唇がますますむっと引き結ばれるのには気づいていたが、いったん転がりだした負の言葉は、まるで坂道を転がり落ちていく石のように止まらなかった。

「それともなに？　アンタが代わりに俺を養ってくれんの？」

自分でも、馬鹿なことを言っている自覚はあった。

だがそのときの悠はかなりやけっぱちで、どうにでもなれという気分でもあった。

一番、知られたくないことは知られてしまった。

ならもう見栄を張ってみたところで、意味もない。

「それならいいよ。……俺、アイツのことは大嫌いだけど、アンタが相手だったらなにされてもいいし」

「はぁ？　なに言ってんだ」

「決まってんじゃん。セックスの話だよ」

なんてことないそぶりで告げると、荘志の端整な顔が、不愉快そうに歪むのが見えた。

それにピシッと心臓が凍えるような、鋭い冷たさが走り抜ける。

「ア……アンタさ、遊び相手とかたくさんいるんだろ？　なら俺も、その一人にしてくれていいよ？　それならギブアンドテイクになるし」

さきほど訪ねてきていた、彼女のように。

だが荘志はそれに、呆れたような視線を向けただけだった。

「まだオムツもとれてねぇようなガキのくせして、バカなこと言っててんじゃねぇよ」

お前じゃ話にもならないと、そうきっぱりと切り捨てられた瞬間、心臓がぎしぎしと軋むような音を立てたが、悠はあえてそれに気づかないフリをした。

「なんでさ？　いいじゃん。俺、いろいろ勉強するよ。それに……もしアンタと寝たとしてもさ、俺…邪魔とかしねぇよ？　アンタの邪魔は絶対、しない」

それだけはしないと約束する。

「もし誰か……他の人がくるときとかは、外に行くし」

荘志が他の人を抱くのは嫌だけれど、自分のような子供が相手じゃ役不足だというのなら、我慢ぐらいする。

ときどきでいい。もし少しでも可愛いと思ってくれているのなら、気まぐれに抱き上げる猫のような存在でも構わない。

「それにさ…、もしアンタが俺のこと邪魔になって、い…いらなくなったら、……そのときは気にせずに捨ててくれても構わないから」

だから、今だけでもいいから、もうしばらくここにおいてほしかった。

面倒くさくないようにする。手がかからないようにもする。

気まぐれで、ときおり撫でてくれるだけで構わない。

「……それまでさ、ここに置いてよ」

伝える声は、かすかに震えていた。

荘志は黙っているだけで、なにも言ってはくれない。その沈黙がなによりも怖い。

その恐怖を誤魔化したくて、悠はさらに思いついたことを端から並べ立てた。

「あの…食費とかはさ、また沢渡さんのところで働かせてもらって、ちゃんと入れるようにするから。掃除とか、洗濯とかも、俺もっとたくさんやるし。……なんなら、もう一匹手のかかる猫かなんか拾ったとでも思ってさ…」

必死に訴える声が、だんだんと小さなものになっていく。

どんな顔で見下ろされているのだろうかと思うと、それだけで脚まで震えてくる。

思わず俯くと、やがて頭の上から疲れたような盛大な溜め息が降ってきた。

「お前は、飼い主が欲しいのか？」

「……え？」

「言っとくけど、俺にそんなものは期待するな。俺はお前を、猫みたいに飼うつもりなんてないからな」

きっぱりとした口調はにべもないものだった。

――お前じゃ猫にもなれない。

そう言われたのだと分かった。

「今日は帰れ。少し、頭冷やしてこい」

反論はなにも浮かばず、ただ頷くしかできなかった。

「……分かった」

荘志にこれ以上の迷惑はかけたくなかった。……もう遅いのかもしれなかったが。

のろのろと靴を履いて、玄関から外へ出る。通い慣れた坂道を下りていくうちに、どんどん足の動きは速くなり、気が付けば小走りになっていた。

転がるように歩き続けているうちに、悠はなぜか頬に熱い雫のような雨が伝わり落ちていることに気づく。

「……っ」

それが瞳から溢れた自分の涙なのだと気が付いたとき、悠は自分がどれだけ愚かな失敗をしてしまったのかを、ようやく悟った。

バカだ。バカだ。……自分から、あの優しい手をなくしてしまった。

――わかっていたはずなのに。

必要以上に望んではいけない。期待もしない。

そう何度も言い聞かせていたはずなのに、なぜ自分は同じ失敗ばかり繰り返すんだろう？　あとで苦しくなると知っていながら。

荘志は呆れただろう。同情心からほんのちょっと優しくしてたぐらいでのぼせ上がり、もっとそばに置いてほしい、気にかけてほしいと我が儘を言った悠を見て、心の底からうんざりしたのかもしれなかった。

母と同じように。

……箸のお礼も、言えなかった。

自分のためだけに買ってきてもらえた、あの水色の綺麗な塗り箸。

一度きりでもいい。あの宝物のような箸を荘志と同じ食卓に並べて、まるで家族みたいに一緒に食事をしてみたかった。

もう二度と叶わなくなっただろうその夢のことを思うと、どうしても堪えきれず新たな雫がぽろぽろと落ちてきて、悠はしゃくりあげるように肩を震わせた。


帰宅部の学生にとって、放課後というのはやたらと長い。

沢渡の店や荘志の家で過ごしているときは、夜までの時間が飛ぶように過ぎていたが、それらがいざなくってみると、夕闇はいっそ苦痛に思えるほど長かった。

だからといって以前と同じように、遅くまでゲーセンやファストフード店をふらふらと渡り歩いて時間をつぶす気にもなれない。そんなことをしても、かえって自分の居場所がどこにもないように感じられて、苦痛なだけということはもう知っていた。

繰り返し零れる溜め息の数ばかりが、積み上がっていく。

目的もなくただ時間が流れるだけの日々は、荘志と会う以前の毎日よりも色褪せていて、意味もなく切なくなる。

ぼーっと電車の窓から流れていく風景を見るともなしに眺めているうちに、いつもの乗換駅が見えてきた。

先週、荘志から『腕も治ったし、お前ももう自由にしていい』と言われてから、悠は一度もベル・ジャルディーノには顔を出していなかった。当然、荘志の家へ出向くこともない。

本当は、一度くらいは店には顔を出さなければいけないと分かっている。いくら手伝い期間が終了したとはいえ、沢渡や他のスタッフたちになんの挨拶もなしに店を辞めていいわけがないだろう。

その証拠に、携帯の留守電には何度か沢渡からの連絡が入っていたが、悠はまだ一度もそれに返事をしていなかった。

荘志は、沢渡が悠にこれまでのバイト代として、給料を払いたがっていると話していた。

多分、次に沢渡と話をすれば、その話題になるのは目に見えている。

だがもともと荘志の怪我の責任は悠にあったのだし、バイト代が欲しくて店で働いていたわけではないのだ。

それにもしもお金なんかをもらってしまったら、沢渡はもちろん、荘志との縁も本当にそこで切れてしまうような気がして、いまだに怖くて店に顔を出す気にはなれなかった。

……だからって、このままでいいわけないのに。

そんなことは、自分が一番よく分かっている。それに誰よりもまず、荘志にはきちんと謝らなければならない。

いくら急に店を辞めることになって焦っていたとはいえ、荘志にあんなことを言ったのは間違いだった。猫と同じ扱いでいい。遊び相手代わりでも構わないから、家においてほしいだなんて、今思えばよくそんな恥知らずなことを言えたものだと思う。

あれではまるで荘志まで、気分次第で人に当たり散らす英和と同じだと言わんばかりの台詞だった。彼のことをそんな風に思ったことなど、一度もないのに。

それに対しては一日も早く謝罪をしなければいけないし、これまで世話になってきたことのお礼も言わなくてはいけない。

——それに、これも…。

ポケットの中へ手を突っ込むと、チリリ…と小さな鈴の音が響く。

あの日、飛び出すように荘志の元を出てきたあとから、悠はあの家の鍵を返し忘れてしまっていたことに気が付いた。それも二つも。

荘志から預かっているものと、あの日、彼女から渡されたもう一つの鍵。

本当なら、一日でも早く荘志に返さないといけないのに。

その踏ん切りがいまだつかず、ずるずるとしたままもう四日も日が過ぎている。そんな意気地のない自分を情けなく思いつつも、悠は今日も、まっすぐ家路へと向かった。

学校からそのまま戻ると、五時前には家に着いてしまう。

母屋の脇道を通って離れにたどり着いたとき、悠はなぜか妙な違和感を覚えた。

……扉が開いている。

もともと物などあまり置いていない部屋ではあるが、それでも出かける前には扉の鍵くらいかけて出ていく。だが今はその鍵もかかっていなかった。

そろそろと開いた扉の隙間から部屋の中を覗き込んだ悠は、さらに言葉を失った。

部屋の中が荒らされている。祖母が大事にしていた箪笥も、小さな食器棚の中までまるで家捜ししたみたいに開きっぱなしになっていた。

もしかして泥棒が入ったのかと思ったが、こんな小さな離れに盗れるものなどなにもない。慌てて茶箪笥に入れておいた通帳を覗いてみたが、そちらは無事だったことにほっとする。

しかし机の上に視線を移したところで、悠は再び固まった。

勉強机の引き出しが開いていていた。よく見れば備え付けでついていたはずの鍵が、なにか尖ったもので力づくで壊されている。

慌てて中を探ると、そこに入れてあったはずの白い鈴の付いたあの鍵が、なくなっていることに気が付いた。

――どうして。

荘志から直接渡された鍵は、毎日お守り代わりとして持ち歩いているが、女性から預かった鍵のほうは、なくしてはまずいからと確かにここへ入れておいたはずだ。それが影も形もない。

もしや泥棒が持っていったのかと、慌てて母屋のほうも訪ねてみたものの、伯母は習い事に出かけているのか家には誰もいなかった。

窓から中を覗いてみても、荒らされたような気配は微塵もないようだ。

……なんだかおかしい。もし泥棒に入るなら、この立派な母屋のほうが、ずっと標的になりやすいはずなのに。

「まさか…」

そのとき、ふと頭に思い浮かんだのは英和のことだった。

というより、彼以外に思い当たる人物がいない。英和なら、伯母たちに預けてあるここの合鍵を取ってくることも可能だ。

そういえば先日、玄関先で揉めたときに、英和は悠が手にしている鍵を取り上げて『どこの鍵だ？』と執拗に気にしていたことを思い出す。

それにあの男のことだ。嫌がらせのためなら、部屋に忍び込んで家捜しするくらい、平気でするに違いなかった。

――でも、どうしてそこまで……。

英和にはこれまでにもときどき嫌がらせをされることはあったが、ここ最近の執拗さを見ていると、本気で病的に思えてくる。

あの雨の日もそうだった。

殴られる、蹴られる程度のことならば、別に無視できる。だがそうやってなにをされても取り合わない悠の態度が、ますます相手の反感を煽っていたことに気が付いたのは、英和に有無を言わさずのし掛かられたときだった。

うたた寝していたところをいきなり押さえつけられ、服を剥がれた。

荘志の前では、『あれくらい別にたいしたことじゃない』などと強がりを口にしていたが、嫌いな男から胸や下半身を執拗に撫でまわされた忌わしい記憶は、今でも激しいショックとして悠の中で残されていた。

……なぜ彼は、そこまでして自分を痛めつけたいのだろうか？

そんなにも、自分の存在がむかつくのか。だからといって、悠自身どう振る舞えばいいのか、それすら分からなかった。

荘志に言われるまでもなく、本当は何度か、誰かにこっそり相談してみようかと考えなかったわけではない。

だが実の母から見捨てられ、伯父にも苦い顔をされている現状を見れば、そうした嫌がらせも悠自身が招いていることだと言われてしまいそうな気がして、これまで誰にも言うことはできずにいた。

荘志は『そんなのはただの逃げっつーんだよ』と言っていたが、実際そのとおりだと思う。

……これ以上、誰とも揉めたくないし、誰かに嫌われたくもない。

黙っていれば嫌われることもないし、嫌なことはいつか過ぎ去っていく……。そう思って、自分に降りかかる火の粉を振り払おうともしないでいたけれど。

結局それではなにも変わらない。自分でなんとかしない限り、現実は変わらないのだ。

それに今度ばかりは、ただ黙っているわけにはいかなかった。

あれは悠の鍵じゃない。ましてや英和が、勝手に持ち出していいものでもなかった。

悠はすくっと立ち上がると、母屋へ向かった。最近はめっきり出かけることがなかった母屋だが、合鍵くらいは持っている。

母屋にあがりこむと、悠は真っ先に電話台の横に置かれていた、知り合いの連絡先が書かれたノートをぱらぱらとめくった。

電話帳によれば彼の住む社宅は、ここからそう離れてはいないらしい。その下には、英和の携帯番号らしきものも記されていた。

それらをメモ用紙へ転記してから、離れへと戻る。自分の携帯を開いて知ったばかりの連絡先へかけると、すぐに電話が繋がった。

『もしもし?』

「……俺」

電話口から漏れてきた男の声に、悠はぞっとするような寒気を感じながらも口を開いた。

どうやら英和は、電話を取る前から相手が悠であることに気づいていたらしい。驚いた様子もなく、『お前から電話してくるなんて、珍しいじゃないか』と答える声は、どこか楽しげだった。

「……アンタなんだろ。返せよ」

『うん？　なんの話だ』

「鍵。アンタが持ってったんだろ？」

前置きをせずにズバリと切り込む。英和はもとから隠すつもりもなかったのか、喉の奥で低く笑うと、

『なんだ。ますます珍しいな』と呟いた。

「なにが？」

『お前がそこまで必死なんてさ。いつもなにしても、けろっと涼しい顔してるくせに。こんなもんがよっぽど大事なのか？』

電話の向こう側から、チリチリと綺麗な音が響いてくる。どうやら手の中でそれを弄んでいるらしい。

それを耳にした途端、ぴりっとした痛みがこめかみのあたりを走り抜けた。

「いいからすぐに返せってば。それは人から預かってるもので、俺のじゃないんだ」

『そう言われてもなぁ』

電話の向こうで、ニヤニヤと笑う気配がした。

これではいつまで経っても埒が明きそうもない。そう気づいた悠は、気持ちを抑えるように、一つ大きく息を吸い込んだ。

「……頼むから、返してよ」

こうなったら、頭を下げてでも返してもらうしかない。

声を和らげて素直に頼み込むと、なぜか英和は受話器の向こう側でふっつりと黙り込んだ。

「英和さん、お願いします」

これはかなり渋られるかもしれない。そう覚悟して頼み込んでみたのだが、予測に反して『まぁ…、お前がそこまで言うなら、返してやってもいいけどな』と急にそんなことを言いだした男に、思わず眉を寄せる。

『その代わり、お前はなにしてくれるんだ？』

「…え？」

『まさかタダで返してもらいたいっていう気か？　昔から、交渉事には代わりのものを寄越すのが常識ってもんだろ』

人の物を勝手にあさって持っていったあげく、常識もクソもあるかと怒鳴りつけたい気持ちをぐっと呑み込む。

ここで英和の機嫌を損ねたら、本当に二度と返してくれなくなる可能性は高かった。

「……どうすればいい？」

仕方なくそう口を開くと、英和はその言葉を待ちかまえていたみたいにごくりと唾を飲み込んだ。

『これから、うちに来いよ』

「…英和さんの家？」

『ああ、場所はお袋に聞けば分かるだろ。最近ずっと会社が忙しくて、お前ともゆっくり話もできてなかったしな』

耳たぶごと舐められるような猫撫で声が、ぞっとするほど気持ち悪かった。

『そんなに大事なものなら取りに来いって。そしたらちゃんと返してやるからさ』

念を押すようにそれだけ告げると、手の中の電話はぷつりと切れた。

八階建てのマンションを見上げて、悠はしばらくじっと立ち止まっていた。

……そろそろ時間か。

腕時計を確認し、ゆっくり中へと足を向ける。悠が英和の住むマンションを訪れたのは、これが初めてのことだった。

これまでに英和からは何度か『遊びに来いよ』と誘われたことはあったが、その誘いはすべて無視していたし、こんなことがなければこれからも絶対にくることはなかっただろう。

社員寮と聞いていたから、てっきり大勢の同僚とともに暮らしているのかと思ったが、会社が建物をまるごと借り上げているだけの話で、中身はただの普通のマンションらしい。

人が大勢いるところなら、英和もそう迂闊な真似はしないだろうというささやかな期待が外れたことに、軽い落胆を覚えながらも、悠は階段を上っていった。

「二〇三号室…」

あらかじめ管理人室で確認してきたとおり、階段を上ったすぐ先のところにその部屋はあった。

扉を前にして、こくりと唾を飲み込む。

あの鍵は荘志のものだ。……なんとしても、取り返さないといけない。そのためには、どんな代償が待ち受けていても構わなかった。

気持ちを奮い立たせるようにして部屋のチャイムを鳴らすと、ほとんど間を置かずに中から英和が顔を出した。

「…なにやってたんだ。随分、遅かったじゃないか」

いらいらした様子で出てきた男は、どうやら悠がくるのを今か今かと待ちかまえていたらしい。

引っぱられるようにして、玄関先へと上がり込む。その手に手首を掴まれた瞬間、思いきり振り払ってしまいたい衝動に駆られたが、悠はそれを無視して英和とまっすぐに向き合った。

「……鍵はどこ？」

「そう焦らなくてもいいだろ。お前がここに遊びにくるのは初めてなんだし、まずはお茶でも飲んでゆっくりしたらどうだ？」

「別に遊びにきたわけじゃないから。早く鍵を返せよ。あれは俺のじゃないって言っただろ」

「いいから、上がれってば」

半ば無理矢理引きずり込まれるように腕を取られたが、悠はそれを断固として振り払った。

ここは離れではないのだ。こんな男の部屋に入り込んだら、なにをされるか分かったものではなかった。

幸い、玄関先ならまだ近所の目がある。

なにかあったら思いきり大声を上げて暴れてやると思って構えると、さすがに無理に中まで引きずり込むのは諦めたのか、英和は『分かったよ』と肩を竦めた。

「鍵なら、あのテーブルの上にある。ほら、見えるか？」

英和が指さしたほうへ顔を向けると、玄関から続くキッチンの向こう側にリビングがあり、その真ん中のテーブルの上に、見慣れた鈴の付いた鍵が置かれているのが見えた。

「欲しけりゃ、自分で取っていけば？」

挑発的に笑う男を、思いきり睨み付けてやる。それでも一向に動じない英和を無視して、悠はその脇を素早く通り抜けた。

大股でズカズカ部屋に飛び込むと、目当てのものを握りしめる。

ほっとしたのも束の間、背後で扉の鍵がカチリと閉まる音を聞いた気がした。

慌てて後ろを振り向いたときはすでに遅く、近づいてきていた英和に床の上へ無理矢理押し倒される。

激しくもがいてはみたものの、悠よりも一回り以上大きな身体にのし掛かられると、それだけで身体の自由はあっさりと奪われてしまった。

「放せよ…っ！」

「暴れんなって…」

馬乗りになったまま押さえつけてくる身体は重く、ビクリともしない。露わになった首筋に男の荒い鼻息を感じて、ぞっと身を竦ませた。

「大人しくしろって言ってんだろ‼」

闇雲に暴れながら、のし掛かってくる男の脚を蹴り付ける。

本気の抵抗に遭ったことに驚いたのか、英和は一瞬手を緩めたが、悠が起き上がろうとしたのを見越していたみたいに、その足を払ってきた。

どう…っと音を立てて、再び床に倒れ込む。

したたかに後頭部を打ち付けた瞬間、目の前に火花が散った。

「交換条件だって言っただろ。今さらぶってんじゃねーよ。……お前だって、そのつもりがあるからここにきたんだろ？」

「…っざけんな！」

そんなつもりできたわけじゃない。

だが英和は、マンションへ悠がやってきたこと自体が了承の合図と勝手にみなしたらしく、嫌がる悠を押さえつけて無理矢理その手を服の中に突っ込んできた。

冷たい手のひらに、あの日と同じように胸から腹を撫で回され、喉の奥が小さく鳴る。

汗ばんだ手が素肌を滑る感覚に、皮膚が震えた。

「…やめ…っ！」

悠が身を捩ると、ビッと音を立てて制服のボタンが飛び、布の裂ける嫌な音がした。それでも構わずに激しく抵抗を繰り返すと、『クソ…』と舌打ちした英和の手が、大きく頭上に振り上げられるのが見えた。

殴られるのを覚悟して、ぎゅっと奥歯を噛みしめる。

「……っ」

覚悟したとはいっても、二、三発と続けて頬を張られると、さすがにくらくらとした目眩を覚えた。

「お前は、俺の言うことを聞いてればいいいんだよ！　なんで…っ、いつもいつも逆らうんだ？　お前が不自由なく暮らせるのは誰のおかげだと思ってるっ」

自分を育ててくれたのは祖母や伯父夫婦であって、決して英和じゃない。

身勝手な男の言い分にカッとなった悠は、そばにあった本を掴むとその顔に投げつけた。

英和の顔に見事にヒットした隙に、その身体の下から這い出ようと試みる。だがそれは脚を掴んできた英和の腕に阻止された。

「この、野郎…っ」

再びよろけた拍子に、テーブルのそばにあった椅子がガターンと激しい音を立てて床に倒れた。

「せっかく…っ、人が優しくしてやろうと思ってんのに！」

「……っ」

英和の怒りは収まらないらしく、何度か悠の背を蹴りつけてきた。

「俺が、俺が悪いんじゃない。俺が悪いんじゃない。なんでもかんでも、みんな俺のせいにしやがって…っ」

何度も繰り返し蹴りつけながら、なにやら分からぬ言葉をぶつぶつ繰り返す従兄にぞっとする。

そのうちに英和が、自分のベルトに手をかけるかちゃかちゃという音が聞こえた。

ジジーッ…と慌ただしく下げられていくジッパー音が、悠の背筋に冷たいものを走らせる。

「離せ…っ」

身体をひっくり返され、下着ごと制服を押し下げられても、悠は抵抗をやめなかった。

こんなところでこの男のいいなりになるくらいなら、最初から逃げ出したりしない。

初めからなにもかも諦めて済む話なら、とっくの昔にそうしていたはずだった。

だが『大丈夫』『こんなことなんでもない』と何度も心の内で繰り返しながらも、そう割り切れない心があったからこそ、逃げ出したのだ。

「暴れんなって言ってんだろ！　お前なんか、誰にも必要とされてねーくせに…！　だから俺がもらってやるって言ってんだろ？　なぁ、昔から優しくしてやってただろ？　なぁ…、なぁ、悠は俺のものだよな？」

「誰が…っ！　アンタのものになんか…絶対なるもんかっ。触られただけで、虫唾《むしず》が走る！」

上にのし掛かっていた男の赤い顔が、怒りでさらにどす黒く変色するのが見えた。

「こ…の…っ」

再び、手が振り上げられる。その動きが、なぜか悠の目にはスローモーションのようにはっきりと見えた。

襲いくる痛みを覚悟し、ぎゅっと強く目を瞑る。

だが、突然部屋の中に鳴り響いた『ピンポーン』というのんきな音に、悠だけでなく、殴りかかろうとしていた英和もピタリとそこで動きを止めた。

「東雲さーん？」

扉の向こうから名を呼ばれ、ピンポーンとチャイムの音が再び鳴り響く。

「あのー、東雲さん？　どうかされましたか？」

聞こえてきたのは、五十代くらいの男性の声だった。建物の入り口にいた、あの管理人だろうか。

激しく言い争う声や物音に近隣から苦情でも出たのかもしれない。こちらを窺うような声とともに、トントンと控えめなノックが続けられる。

「……っ」

悠が声を上げようとしているのに気づいたのか、英和はすかさずその手を悠の口元に強く押し当てると、上から押さえつけるようにして『…しっ。黙ってろ』と低く囁いた。

「東雲さん？　あの、お父様がいらしてますけど…」

「は…？　親父？」

予想外の人物の登場に、呆然とした顔で英和が扉のほうを眺めている。

「英和、いないのか？　いたら今すぐここを開けなさい」

口元を押さえていた手から、わずかに力が抜けたのを感じた瞬間、悠はその手に思いきり歯を立てていた。

「ぎゃあぁぁ！」

ぎりっ…と音がするほど強く噛みしめる。

英和はカエルを踏みつぶしたような声を上げて、その身を離した。それまでずっしりとのし掛かっていた重みが消え去っていく。

その隙を逃さず、悠は『助けて…っ、助けてください！』とドアに向かって、大きな声を張り上げた。

「おい…っ、なんだ？　どうしたんだ？」

緊迫した気配が、扉越しに伝わってくる。

「大丈夫ですかっ？」

がちゃがちゃと激しい鍵音をさせて、扉が開かれた。

慌てて中へと飛び込んできた管理人と秀典は、下半身を丸出しにしたまま人の上に馬乗りになっている男と、その下で服を裂かれて震えている悠を見つけて、唖然と目を見開いた。


診療所で検査を受けている間中、伯父は口を一文字に引き結んだまま黙り込んでいた。

普段からあまり話さない人ではあったが、さすがに今回ばかりはショックが大きく、なにも言葉が出てこないらしい。

悠から英和を無理矢理引きはがしたあと、伯父は悠を大学病院へ連れていくと言い張っていたが、それを悠は慌てて辞退した。これ以上問題を大きくしたくなかったたし、人が大勢いそうなところにこんな恰好で行きたくもない。

代わりに出向くことにしたのは、悠が荘志と出会って倒れたあの日に、荘志たちに連れてきてもらった古ぼけた診療所だ。

あの日もずぶ濡れになって運ばれてきた悠に、親身になって診察してくれた初老の医師は、再びやってきた悠のぼろぼろな姿を見て、まるで自分の孫が怪我でもしたかのような痛ましい顔で眉を顰めた。

診療時間外だというのにもかかわらず、快く診察してくれたことをありがたく思いつつも、中へ入る。

背中や太股などを激しく蹴られたため、後日あざが出てくるだろうと言われはしたものの、幸い打ち身だけで骨折などはしていなかったようだ。

診察後に伯父へそのことを伝えると、伯父は少しだけほっとしたように『…そうか』と頷いたが、あとは再びむっつりと黙り込んでしまった。

その硬い表情を目にしただけでも、秀典が深く沈んでいるのが分かる。

それにはやはり、かすかな罪悪感を覚えた。

あのマンションに伯父を呼び出したのは、他ならぬ悠自身だ。

英和との電話のあと、悠は会社にいる伯父へ連絡を入れた。秀典は激しく驚いていた様子だったが、悠が『これから大学進学について相談したい。できれば英和の通っていた大学のことも参考にしたいので、彼のマンションまできてほしい』と頼み込むと、伯父は二つ返事で『分かった』と約束してくれた。

悠がようやく受験に目覚めたのかと思い、早めに仕事を切り上げてきてくれたらしい。

そんな伯父のことを、結局は騙す形になってしまったのは非常に残念だったが、これは悠なりによく考えて決めた結論でもあった。

――もう、黙っているのはやめる。

なにか問題が起きたとき、自分だけが黙っていれば確かに周囲に迷惑をかけることも、誰かに怨まれることもないだろう。だからといってそれでなにかが変わるわけでも、ましてや誰かから感謝されるわけでもなかった。

結局のところ、荘志が言っていたとおり、自分の問題は自分で解決しない限り、なにも変化しないのだ。

それにもしも英和のマンションに行ったとき、彼が素直に鍵を返してくれるなら、それだけで済む話だ。

そのときは自分もなにも言わずに黙っていようと、そうひっそりと心に決めていた。

結局のところ、それは無意味な期待で終わってしまったが。

問題の英和といえば、待合室に置かれた椅子の上で、両脚を抱えるように座り込んだままずっと項垂れている。

誰よりも尊敬していたはずの父親から、『お前は…っ、一体なにをしているんだ！』と思いきり殴りつけられたショックがよほど大きかったのか、先ほどから茫然自失といった状態で、一言もしゃべらなくなっていた。

脚の間に顔を埋めた従兄の身体が、今日はなぜかひどく小さく思えた。

「英和…！」

タクシーで診療所まで駆けつけてきたらしい伯母の声が、人気のない待合室に響き渡った。それにぴくっと髪が揺れたものの、英和は顔を上げようとはせず、再び抱えた膝に顔を深く埋めてしまった。

「パパ…、悠ちゃん。これは一体どういうことなの？　悠ちゃんの着替えを持ってきてくれって言われて、慌ててまとめてはきたけど。いきなり病院だなんて、私にはなにがなんだか…」

「電話で話したとおりだ。……英和は、悠を暴行しようとしたんだ」

伯父の言葉に、伯母の細面の顔が奇妙に歪むのが見えた。

「暴行…って…。嘘でしょう…？　英和が、そんなひどいことするはずないじゃないの」

「嘘じゃない。……それに、どうやらこれが初めてというわけでもないらしい」

苦々しい夫の台詞を耳にして、好子は唇を震わせた。

夫を嘘つきだとは思っていないが、彼女にしてみれば、まさかあの自慢の息子が…という気持ちのほうが強いのだろう。好子ははっとしたように顔を上げると、そばにいた悠に取り縋るようにその指先を伸ばしてきた。

がしっと、その手で強く握りしめられる。

「ね…悠ちゃん。きっとなにかの間違いよね？　英和とは、ただちょっと…喧嘩したとか、そういうことなんでしょう？」

お願いだから、うんと言ってほしいというように必死に縋りついてくるその手のひらが、冷たく震えていた。

……ここで頷けば、伯母は安心するのだろうか。

そんな思いが一瞬だけ、胸をかすめる。

実際、殴られて顔を腫らしている悠を目にしても、沈痛な声で話す夫の声を聞いても、それでも我が子を信じたいと願う伯母の盲目的な愛情が、悠からしてみれば少しだけ羨ましくもあった。

我が子だからというそれだけで、そこまで信じてもらえるというのは、一体どんな心地がするんだろうか。

それを思うと申し訳ない気持ちになったが、悠は今回ばかりはうんと頷かなかった。

伯母の細面の顔に、激しいショックの色が浮かぶ。

ふらふらと椅子に座り込んだ伯母を横目で眺め、伯父はそれまで押しためていた重苦しい溜め息を、いっきに吐き出した。

「だいたい、お前がずっと家にいながら…、どうして今まで気が付かなかったんだ？」

「わ、私は英和とは最近、あまり会うこともなくて…。英和も会社の上司と合わないせいで、ちょっと落ち込み気味だとは言ってたけれど……。で、でもまさか…悠ちゃんに…そんなことをしてるなんて…」

「お前は母親だろう！」

「あ、あなただって！　いつもいつも仕事仕事って、ほとんど家になんかいてくれないじゃないの。いつも家のことは私に任せっぱなしで…っ。悠ちゃんのことまで、私に押しつけてっ。私があの口うるさい親戚相手に、どれだけ神経をすり減らしてると思ってるの！」

罵りあう二人の声が、人気のない待合室に響き渡る。

どこかおっとりとした人のいい伯母と、いつも泰然としている伯父が、自分のせいで互いを責め合っている。

見たくもなかったその光景にどうすることもできず、ただ立ちつくしている悠へ、伯母は悲しみに濡れた目を向けた。

「悠ちゃんもよ…。どうして……、どうしてもっと早く言ってくれなかったの…っ？　こんな人ごとになる前に。あそこのマンションは英和の社宅なのよ？　こんな騒ぎを起こして、もし会社に居づらくでもなったら、またあの人たちになんて言われるか…っ」

そう言ってわっと泣き崩れた伯母の涙に、悠はなにも答えることができなかった。

伯母のことは、やや身勝手ではあるもののやはり哀れだと思う。いつも周囲からの目に、彼女自身もおびえながら生活していたのだと感じた。

だが同時に、悲しい気持ちが胸に溢れたのも事実だった。

もっと早く相談してくれていたら、そうしたらここまでの騒ぎにはならなかったはずだと伯母は言っていたが、本当に……伯母はなにも気づいていなかったというのだろうか。本当に？

美波ですら気が付いたような、悠の傷跡にも。もう何年も隣で暮らしていながら。

人は見たくもないものには、フィルターをかけるのだと聞いたことがある。もしかしたら、伯母の両目にも、見たくないものは見ないで済むような、そんなフィルターがかかっていたのかもしれなかった。

伯母はしくしくと肩を震わせ、伯父は複雑な顔をしたまま苦く唇を引き結んでいる。

そんな二人になんと声をかければいいのか分からず、悠は俯くとぎゅっと手のひらを握りしめた。

「……おい、責める相手が間違ってるだろうが。なんで被害者のコイツが、あんたら夫婦に責められなきゃならないんだ？」

――――え？

だが突然横からそう割って入った声に、悠はビクリと肩を震わせた。

低く、耳障りのいい声。意志の強さを秘めたその力強い声は、悠がここのところずっと耳にしたくて、でもできないと諦めていたはずの声だった。

まさか…。

信じられない気持ちのまま、恐る恐る顔を上げる。

「八木さ…ん」

幻聴などではない。革のジャケットに、履き古したジーンズ。すらっとした長い腕をめんどくさそうに組んだ男は、呆れたような顔で伯父夫婦を睨み付けると、その隣でぽかんと立っていた悠の元まで、ツカツカと歩み寄ってきた。

――どうして。どうしてここに、荘志がいるのか。

「な、なんだね、君たちは」

「どうも、はじめまして。私は沢渡といいまして、こういったレストランなどをいくつかやっております。こちらは友人で、うちのスタッフの八木です」

しかも荘志の後ろからは沢渡までひょっこりと顔を出し、すかさず伯父に向かって名刺を差し出している。伯父は突然現れた男たち二人をうさんくさそうに眺めたあと、沢渡から差し出された名刺を受け取った。

「それで突然、なんの用ですか」

「ご挨拶が遅れて申し訳ありません。実は悠君にはここのところ、社会勉強も兼ねてうちの店で働いてもらっておりまして」

「……悠が、あなたの店に？」

秀典は悠がそんなことをしているとは夢にも思っていなかったらしい。

勉強もろくにせず、ピアスや脱色しただらしない姿でふらふらしてばかりいた甥っ子が、まさか人様の店で働いていたとはとても信じられないといった様子で、じろじろと悠のことを見下ろした。

その視線の前に、なぜか荘志がずいっと出てきて立ちふさがる。

「ええ。東雲君はとても働き者の上に、真面目でいい子ですから。うちのスタッフたちの中でも、特別可愛がられているんですよ」

伯父の不躾な視線などものともせず、沢渡はお得意の笑顔でにっこりと微笑んだ。

伯父の手前、沢渡はわざと大げさに言ってくれたのだろうが、その褒め言葉を耳にして頬がカッと熱くなった。

「実は、ここの診療所は私の知り合いがやっているのですが、ドクターからうちの大事なスタッフが、大怪我をして運ばれてきたと聞きましてね。慌ててこうして駆けつけてきたわけです」

「……そうでしたか…」

沢渡のよどみない説明に、伯父もようやく事態が呑み込めたらしい。

悠の隣で立っている妙に迫力のある男と、にこにこと人当たりの良さそうなやり手の実業家を交互に見比べ、秀典はしぶしぶ頷いた。

「それで、ものは相談なのですが。悠君を、今日からこのままうちで預からせてもらえませんか？」

「はあ？」

「聞けばどうやら、おうちのほうでは揉め事があるようですね。幸い、うちは都内に店舗や物件をいくつか持っておりまして、住み込みで働いてくれている者も何人もおります。そうしたスタッフ用の部屋が空いてますし、悠君さえよければ、高校卒業まではうちで時々店を手伝ってもらえれば、それで…」

「断る！」

突然の沢渡からの提案に、驚いたのは悠だけではなかったようだ。伯父はその言葉の先を遮るように、きっぱりとそう言い放った。

「こいつはまだ未成年の上に、保護者は私だ。そんな勝手なことは許可できん。……悠、いいから帰るぞ」

秀典はそれ以上、話はないというように荘志の後ろにいる悠の手を掴んで連れて帰ろうとしたが、それは荘志が許さなかった。

さらにずいと一歩前へ出て、秀典と対面する。

「連れ帰って、それでどうするんだ？　アンタのところにはその強姦魔がいるんだろうが」

「な……」

さすがに、一人息子を強姦魔と容赦なく突きつけられたことはショックだったらしく、伯父は言葉をなくしたまま目を白黒させせている。

「こいつは帰さない」

きっぱりとそう告げると、荘志は悠の肩を抱いて自分のほうへと引き寄せた。

——え…？

久しぶりに触れたその大きな手のひらに、まるで大事なものでも包み込むかのように抱き寄せられて、悠は一瞬息を止めた。

こんなときだというのに、性懲りもなく早鐘を打ち出す心臓が、ばくばくとうるさい。

「こいつが本当のことをアンタらに言って、それでアンタらもこれまで以上にこいつを大事にしてくれるようなら、黙っていようかと思ったけどな。……どんなに必死になってみても、息子可愛さに一方的に責められるような家になんか、帰せるわけないだろうが」

な、なに…？

なぜ荘志が、そんなにも怒ったような顔で伯父を睨み付けているのか。

その理由はいまいち分からなかったが、彼が悠のことを本気で心配してくれているらしいことだけは、抱き寄せられた手が教えてくれていた。

「そ、れは……。うちのことは、うちでこれからちゃんと話し合うつもりだ。英和にももちろん、反省させる。君には関係ないことで…」

「息子にごめんなさいって謝らせれば、本当にそれで済むとでも思ってるのか？　こいつがどれだけアンタのところに迷惑かけないようにしよう、嫌われないようにしようって、息を潜めて生きてきたと思ってんだ？　そんなことも気づかないようなやつが…」

「そんなこと、言われなくても知っている！」

だが荘志の言葉を遮るように、秀典はその眉をきつく寄せながら、大きく肩を震わせた。

「悠がうちのやつや親戚連中に気を遣って、あの離れで小さくなっていたことくらい私だって知っている！　……この子は子供の頃から、身勝手な母親のせいでずっと苦労してきたんだ。なのに大学にも行かずに子供のうちから外で働いて、わざわざ新たにまた苦労する必要はないだろうがっ」

珍しく声高に激しく叫んだ秀典を、悠は呆気にとられたように見つめた。

まさか、そんな風に思っていたなんて…。

無口な伯父は、悠に対してときおり小言を言うことはあっても、他はなにも言わなかった。同情的な言葉も、期待をかける言葉も。

だが、忙しさに紛れてなにも言わないからといって、なにも考えてくれていなかったわけではないのかもしれないと、そんなことに今さらながらに気づかされる。

悠は秀典の前に自分から歩み出ると、静かに唇を開いた。

「伯父さん。……俺、やっぱりあの家は出ます」

秀典の気持ちは嬉しかったが、それはもう前から決めていた話だった。

ただそれが少しだけ、早まってしまっただけで。

「出て、それでどうするんだ」

「もし……沢渡さんの言葉に甘えていいなら、沢渡さんのところに置いてもらいます。……あそこの仕事は俺にとって慣れないことばかりだったけど、すごい楽しかった。一つ一つの料理とか、みんなが大事に作ってて。忙しいときとか、誰かのフォローを自然と誰かがやってて。時間が過ぎるのがあっという間で、どれだけ身体がクタクタになってても毎日がすごい充実してた」

荘志だけじゃない。沢渡や鳥井、バイト仲間もみんなが一緒になって、せっかくきてくれたお客さんにいいものを提供しようと、努力するのも楽しかった。

「同じ働くなら、俺はああいうのが向いてると思う。今どき大学ぐらい行っておかないと苦労するし、一生の傷になるって伯父さんは言ってたけど、俺はそうは思いません」

大学に行かないと決めたのは、伯父たちに遠慮しているからではない。

悠自身が考えてそう決めたのだということを、改めて告げると、伯父はいつものむっつりとした顔でしばらく黙り込んでいたが、やがて『そうか…』と小さく頷いた。

「お前は、それでいいんだな？」

問いかけに、『はい』と自信を持って答える。

伯父は何度も何度も『そうか…』と呟きながら、自分に言い聞かせるように頷いた。

「お前の母親は……早苗には、昔から男にだらしないところがあって、問題を起こすたびにうらは何度も煮え湯を飲まされてきた。今も、身勝手なことばかりしているが……あれでも、お前の母親だ。離れていてもずっと気にはしていたんだろう。……自分と違ってあの子は頭がいいから、できたら大学にも行かせてやってほしいと頼んできたのは、早苗からだ」

「……母さんが？」

思いもかけない話だった。伯父は悠の目を見ないまま一息にそれを告げると、わずかながら、母から預かっている金もあるのだということを、教えてくれた。

シンガポールにいる間、毎月微々たる金を送金してきていたらしい。それくらいならいっそ連れてってやればいいのにと怒っていた伯父は、手切れ金のように送られてくるそれを悠には言えず、これまで黙って貯めていてくれたらしかった。

「お前は勉強ができる。今どき学歴を気にするなんて、馬鹿らしい話だとお前は言うかもしれないが、知識は目に見えないお前の一生の財産になる。……大学に行かせたかったのは、なにも世間体のためだけじゃない」

そっぽを向いたまま、そう呟いた伯父の気持ちを、分かっていなかったのは自分も同じなのかもしれないと悠はそう思った。

――きっと、どっちもどっちなのだ。

自分のことに精一杯で、そうした伯父の思いに気づかずにいた自分も、言葉が少なく、子供たちの問題にまったく気が付いていなかった伯父も。

「……お前はうちの子だ。どこに出しても、恥ずかしくなんかない」

それが不器用な伯父からの精一杯の許しなのだと思ったら、なぜか急に熱いものが喉の奥からこみ上げてきて、慌てて俯いた。

なのにこらえきれずに、一粒だけ熱いものが目の端からぽろりとこぼれ落ちる。

誰にも期待なんかしない。一人でも大丈夫だからと何度も言い聞かせながら、本当はずっとそんな風に誰かに言ってもらいたかったのだと、そのとき悠は初めて気づいた気がした。

「英和のことは……、気づいてやれなくて悪かった」

そう言うと、伯父はいまだ項垂れている息子と妻を追い立てるようにして、無理矢理そこから立たせた。

そうして、沢渡にも深々と一礼したあと『悠を、よろしくお願いします』とだけ告げ、診療所を出ていった。


診療所を出る前から荘志の機嫌は悪かった。

診察してくれた医師にお礼を言い、沢渡がまわしてくれた車にみんなで乗り込む。

その間、荘志は窓の外に視線を向けたまますっとしているだけで、会話らしきものはなにもなかった。

それにこっそり溜め息を呑み込む。

二人は先ほど、仕事の途中で連絡を受けて慌てて店を抜け出してきたのだと話していた。もしかしたら仕事の邪魔をされたことに苛ついているのかもしれない。

結局のところ迷惑をかけてしまった事実に落ち込んでいるうちに、車は見慣れた道にたどり着いた。

「ここで降ろしてくれ」

荘志が車から降り立ったのは坂道の途中だ。ここを少し上ったところに、彼の家がある。

「今日はもう、店には戻らねーから。鳥井によろしく言っといてくれ」

一方的な荘志からの早退宣言に、沢渡は『あー…、まぁしょうがないね』と肩を竦めた。

「……悠、なにやってるんだ？」

「え？」

「降りねぇのか？」

後部席のシートにもたれたままぼけっとしている悠を見て、荘志が眉を寄せる。それにわけが分からず悠は首をかしげた。

「あれ、でも俺…沢渡さんのところに行くんですよね？」

確か先ほどの話では、悠は沢渡のもとで住み込みながら働くという話になったのではなかったか。荷物はまた改めて家まで取りに行くにしても、今日からは多分そちらの家に住むのだろうと思って首をかしげると、荘志はそんな悠に『ああ？』と顔をしかめた。

「お前……うちより沢渡のところに行きたいのか」

「え？　いや、そういうわけじゃ…ないですけど…」

どちらがいいかなんて、比べたことはない。

それに考えるまでもなく、一度も訪ねたことのない沢渡の家よりも、シマたちのいる荘志の家のほうが馴染んでいるのは分かり切っていた。

「ならこい。話がある」

言われるがまま、慌ててシートベルトを外して車から降り立つ。

ドアを閉める間際、沢渡はなぜか、『まぁ…うん。頑張って』とよく分からないことを呟いて悠にひらひらと手を振った。

頑張るって、なにをだよ…?

そんな疑問を抱えたまま荘志のあとに続いて坂を上ってるうちに、見慣れた古いガラスの引き戸が見えてくる。

「小梅さん、シマさん。久しぶり」

扉を開ける前から玄関先で待ちかまえていたらしい二匹は、荘志とともにやってきた悠を見上げてそれぞれが『にゃあ』と声を上げた。ついでにすりすりと身体を擦りつけられる。思わず悠は何度も足下にまとわりついてくるシマの身体をそっと抱き上げた。

その背に顔を埋めると、優しい匂いがした。

おひさまの下で干した布団のような、温かな香り。荘志の家の香りだ。

それを嗅いだ途端、悠はなぜだかすごく懐かしい場所へと帰ってきたような、そんな不思議な安心感を覚えた。

だが荘志は不機嫌なままなのか、ズカズカと部屋へ上がると、荒々しい所作でどかっとソファに腰を下ろし黙り込んでいる。

自分から『話がある』と悠を引き留めたくせに、どうしたというのか。

そういえば荘志と話をするのも四日ぶりだ。彼に会ったら色々と話したいことがあったはずなのに、なぜか実際に彼を目の前にしてみたら、悠もそわそわするばかりでなにも言葉が出てこなかった。

「……お前な、どうしてあんな男の家になんか行ったんだ？」

尖った声で問いかけられる。

顔を上げると、なぜか強い視線でジロリと荘志から睨まれていることに気づき、悠はかすかにたじろいだ。

「英和さんに……、返してもらいたいものがあって…。そしたら、自分で取りにこいって言われたから…」

「馬鹿かお前はっ！　そんなの一人で取りにいこうとすることじたい、まず間違ってるだろ！　お前はアイツからさんざん嫌がらせを受けてきたのを忘れたのか？　なのに、自分からその巣穴に飛び込んでどうするんだよ！　わざわざ自分から餌食になりに行くようなもんだろうがっ」

いきなり叱りつけられて、肩を竦める。

そのあまりの剣幕に、怖いというよりも驚いてしまった。

先ほどもそうだった。荘志は秀典に向けてかなりはっきりと怒りの矛先を向けていた。

荘志は口は悪くても、誰彼構わずケンカを売って歩くような男ではない。それを知っていただけに、珍しく伯父に対しては容赦なくずけずけときつい言葉を吐いているのを見て、悠はただ驚くばかりだった。

荘志がそこまで怒っている原因はよく分からなかったが、ともかく自分を心配してくれていることだけは確からしい。

なんとも思っていない相手なら、人はこんな風に真剣に叱ったりしない。

それを思えば、膝が震えだすくらいに嬉しかった。

「……で？」

「え？」

「その取り返したいものとやらは、なんだったんだ？　それは無事、取り返せたのか？」

荘志に問いかけられて覚悟を決める。悠は自分のポケットの中に手を突っこみ、中から二つの鍵を取り出した。

差し出されたそれを見下ろして、荘志は『…なんだ？』と目を細めた。

「…ごめんなさい」

「どうしてお前が謝るんだ？　っていうか、お前なんでうちの鍵なんか二つも持ってるんだよ」

「……この前、ここへきたとき、ある人から預かった。それを八木さんに返しそびれてて…。次に会ったときに渡そうと思って、ちゃんとしまっておいたんだけど、アイツに見つかって…」

「で、わざわざ取りにいったのか」

呆れたようなその声におびえながらも、こくりと頷く。

できれば一日も早く、それを返さなくちゃいけないことは分かっていた。

だが、どうしてもその踏ん切りがつかなかった。彼女から預かった鍵だけでなく、悠の持っていた鍵まで一緒に返せと言われるんじゃないだろうかと思ったら、怖くて言いだすことができなかったのだ。

「……沢渡さんのところの仕事ももう終わったんだし、本当は、俺もいつまでもここの家の鍵を預かってちゃまずいって分かっていたんだけど……。どうしても……返すのが嫌で、ついずるずるしちゃって…」

心情を吐露するように、吐きだす。隠しておくことはもうなにもなかった。

だが悠が再び、『ごめんなさい』と謝ると、なぜか荘志はひどく疲れた様子で大きな溜め息を吐いた。

「あのな。そんなもの必死に取り返しに行かなくても、なくしたんなら俺にそう言えばよかっただろうが。こんな鍵ぐらい、いくらでも取り替えられるんだ。それにもともとこんなボロ屋、盗られて困るもんなんかねーよ。金なら銀行に預けてあるしな」

「でも…」

「第一、それはもうお前のもんだ。いちいち俺に返そうとしなくていい」

「え…？」

「だから……、その鍵はお前にやったんだって言ったんだよ」

ただ彼から預かっているだけと思っていたはずの鍵が、もうとっくに悠のものになっていたのだと告げられ、荘志の顔をまじまじと見つめる。

——俺の鍵。

だが同時に、なぜか胸のあたりにもやもやっとした嫌な気分がこみ上げてくるのを感じて、悠は目を細めた。

「八木さんって……いつもそうやってさ、ちょっと親しくなった人間には鍵とか簡単にあげてんの？」

「はあ？」

「もしそれなら、俺はいい。鍵…返す」

荘志から鍵をもらえたことは死ぬほど嬉しかったが、この家の中で知らない女性と顔を突き合わせたりするのだけは、勘弁願いたかった。

自分だけの居場所だと思っていた場所が、本当はそうじゃないと頭から否定されたときの、あんな切ない思いはもう二度としたくない。

　自分で自分の心臓を、素手で思いきり握り潰したくなるような苦い嫉妬も、ゴメンだった。

　それぐらいなら、いっそ最初からなんの期待もしないほうがよっぽどましだ。

　荘志はまた『そんなのは逃げだろ』と怒るかも知れなかったが、それでもそちらのほうがずっといい。せめて荘志に迷惑をかけなくて済むから。

　……自分が、持ち物の少ない人間だということは知っている。

　だからこそ、なにかひとつでも手に入れてしまったらそれにすごく執着したくなるし、期待しないと思っていても期待してしまいたくなるのだ。

　そんな自分の感情を抑えるためにも、特別じゃない鍵はいらない。

　我が儘な理屈かもしれなかったが、悠にはそれがぎりぎり精一杯のラインだった。

　だが手の中の鍵を押し返そうとした悠に対し、荘志は『ああ?』と思いきり訝しむような声を上げた。

「……そういやお前、確かこの前も、俺にはどうせ遊び相手がたくさんいるんだろとか、自分もその一人にしてくれたらいいとか、なんかバカげた話をしてたけどな。……お前、俺をいったいどれだけ尻軽でヤバイ人間だとでも思ってんだ?」

　そんなつもりではなかったのだが、さすがに傷ついたらしい。

　疲れた様子で嘆いてみせた荘志に、悠はぐっと息を呑み込んだ。

「そんなんじゃねーけど。でも……そう聞いたし」

「聞いたって…誰に?」

　一瞬、言ってもいいのかどうか分からず押し黙る。だが荘志に『平気だって。別にそれぐらいで相手を怒ったりしねぇからよ』と言われて、仕方なく口を開いた。

「……正晴さんから」

「あんの、クソ兄貴…っ」

その途端、荘志は口の中で低く呪詛《じゅそ》の言葉を吐き捨てた。

だが悠がそれをじとっとした目で見つめているのに気づいたのか、慌ててゴホンと小さな咳払いをしてその場を誤魔化す。

「あのな。なんか色々と誤解があるようだから一応、言っておくけど。……確かに俺は清廉潔白な男じゃねーよ。それは認める。昔から、ちょっと好みのタイプに誘われりゃ、ほいほいついていく人間だったしな」

「……え？」

「でもな。この家にまで連れ込んだことは一度もねーんだぞ？」

やはりそれは事実だったらしいと知り、悠は性懲りもなく痛んだ胸のあたりをぎゅっと掴んだ。

「第一、うちにはシマたちがいるだろうが。特に小梅は知らない奴がきたってだけで、押し入れからしばらく出てこなくなっちまう。そんなところに、知らない奴をほいほい入れると思うか？」

言われてみれば、確かにそうだ。

「でも……、きてたし…」

「誰が」

「お、女の人が、きて。その…鍵を、持ってて…。荘志君に、よろしくねって……」

とても綺麗な女性だった。ふわりとした髪も大人っぽくて、近寄るとなんだかすごくいい匂いがした。

完璧な女性。そんな彼女とつまらない自分を比較して、悠は地にのめり込みそうなほど、強く打ちのめされたのだ。

「バカ。それはたぶん美波の母親だ」

「…え？」

だが荘志から返ってきた答えは、あまりにも想像外のものだった。

「美波ちゃんの？」

「ああ。つまり正晴の元女房だな。俺には、元義理の姉ってことになる」

――嘘。

一瞬頭の中が真っ白になる。

そんな悠を見て、荘志は苦く笑って肩を竦めた。

「美波はな、昔から内気なガキだったんだよ。保育園でもよくいじめられたりしてたところに、両親が離婚なんてしたもんだから、すっかりしゃべらなくなっちまってな。……それでも俺の真似して、猫相手には結構話したりするもんだから、よく母親が暇なときに保育園をさぼらせては、うちの猫に会いにきたりしてたんだよ」

荘志はそう続けると、『ちなみに、あいつに小梅って名前をつけたのも美波だぞ』と締めくくった。

それには納得する。どうりで小梅だなんて、荘志がつけたにしては可愛い名前だと思ったのだ。

「その白い鈴のほうの鍵は元々正晴のものだしな。どうせ美波を連れてくるときに借りたはいいものの、元夫のところまで鍵を返しにいくのが面倒でとか、そんなところだろ」

確かにあの日、彼女は飛行機の時間がないからと、そう話していたことを思い出した。

「だいたいなぁ。いくら俺でも身内でもない赤の他人に、そうほいほい鍵なんか渡したりするか。……ってことで、納得したか？」

問いかけられてようやく、悠もおずおずと頷く。

だが同時に、新たな疑問も湧き出してきた。

「じゃあ…どうして……」

鍵なんて大事なものは身内にしか渡さないと、荘志はそう話していたのに。

なぜ自分の手の中には、この鍵があるんだろう？

そんな悠の疑問を察したように、荘志はニヤリと笑った。

「さぁ、どうしてだろうな？　俺は簡単に他人を家に入れたりしないし、ましてやその鍵を誰彼構わず渡したりもしない。でもお前はもう、その鍵をとっくに手に入れてる。……さて、どうしてだと思う？」

どうしてって――、それは。……それは、つまり。

「……それだけ、同情したから？」

一番に思いつく理由をそのまま口にした途端、これ以上ないというほど冷めた目つきをされた上、『アホか』と軽く頭をはたかれてしまった。

なんだか荘志には、いつもバカだのアホだの、好きに言われている気がする。だがそれにちっとも腹が立たないのは、悠を見下ろしてくるその目が、なんだかいつもより優しく感じられるからかもしれなかった。

「どうしてそこで同情とかいう話になるんだ……。お前の思考回路は、ときどき後ろ向きすぎてついていけん」

「……後ろ向きすぎって…」

確かにその傾向があるのは認めるが、そこまではっきり言われるとさすがにしょげる。

「普通、ここまで言われたら『自分だけは特別なんだ』とか、そう思ったりするもんじゃねぇのか？」

『特別』という言葉に、心臓が胸を破って出てきそうなほどどくっと脈打った。

「そんなの……無理だよ」

ふるりと首を横に振る。

泣きそうな顔で笑ってみせた悠に、荘志はどこかが痛むような顔をして目を細めた。

「無理って、どうしてだ？」

荘志の『特別』なんて。そんな恐ろしい言葉は考えたくもなかった。

母の時ですら、あれだけショックだったのだ。

もし勝手な期待を持って、こんなに好きになった相手から『それは違う』と言われたら。

多分、そうしたら自分の心臓は破裂してしまう。心が悲しみに押しつぶされるのが、目に見える気がした。

俯く悠に荘志は軽く息を吐くと、その手のひらでぽんぽんと頭を叩いてきた。

「それにお前、どうして最近急にうちにこなくなったんだ？」

「……え？　だって…、もう助手は必要ないって…」

「たとえ沢渡のとこのバイトが終わったとしても、うちにくるのとは別モンだろうが。お前が急にこなくなったもんだから、うちの猫たちが寂しがってたぞ。そわそわと人の周りをうろついて、離れようともしねぇ」

「で、でもアンタ……俺のことなんか、飼うつもりはないって言ってたじゃないか」

だからこそ、もうまわりをうろちょろして迷惑をかけるのはやめようと決めたのに。

だが小さくそう呟いた悠に、荘志は思いきり眉を寄せると、再び『バーカ』と容赦なく吐き捨てた。

「そんなのは当たり前だろうが」

「……意味が…分からない」

自分を特別だと思えばいいのにと言ったその口で、自分を飼うつもりなどないという。

相反するみたいな荘志の言葉が、理解できなかった。

「お前な…。この前も自分のことは拾った猫ぐらいに思えとか、遊び相手でいいとかふざけたこと抜かしてたけどな。お前は俺にシマたちみたいに飼われて、それで本当に幸せなのか？」

問いかけられて、素直にコクリと頷く。

その途端、荘志には心の底からはぁ…と大きな溜め息を吐かれてしまった。

それにきつく唇を噛みしめる。

たとえ荘志に呆れられてしまったとしても、シマたちのようにそばに置いてもらえるなら、それだけでも幸せだと思ったのは本当だった。

「お前……、そんなに俺のことが、好きなのか」

「……っ」

いきなり、心臓のど真ん中を貫かれた気がした。

茶化すわけでもなく、困ったという風でもなく、とても真面目な顔で静かにそう問いかけられて、悠は言葉を失った。

見上げれば荘志の黒い綺麗な瞳が、こちらをじっと見つめている。それに、悠はたえきれずに俯いた。

嫌がられるかもしれないという恐怖は、今もある。

だがそれでも彼に嘘を吐くことはできなくて、悠は俯いた姿勢のまま『うん…』と小さく、だがはっきりと頷いた。

——荘志が、好きだ。彼のことが好きだ。

それを世界中に向かって叫びたいと思った気持ちは、決して嘘じゃない。

噛みしめた唇が小さく震えだす。ぎゅっと握りしめた指先も。

だが荘志は恐れるように俯く悠を見下ろして、ちっと小さく舌打ちすると、腕を伸ばしてきた。

「俯くな」

顎を掴まれて上向かせられる。荘志に触れられた瞬間、いきなり身体がカッと熱くなった。

「ならそこは、ペットになりたいじゃなくて、恋人になりたいって言うべきだろ」

「…え…?」

「え？　じゃねぇだろ。なんだそのポカンとした顔は」

そんなこと、言えるはずないだろう。

なのになぜそう言わないんだと、まるで責められているような目で見下ろされて、頭がついていかなかった。

「でも、そんなの…迷惑にしか…」

「バカ。お前、好きなやつからそんな風に言われたら、嬉しくならないわけがないだろうが」

——は？

一瞬、あまりにも想定外の言葉を耳にした気がして、悠は口を開けたまま固まった。

「……お前、そんなカケラも予想してませんでしたって顔するなよな」

途端に、その男らしい眉が不機嫌そうに歪められる。

「だ…だってそんなの…ありえない……」

「ありえないって、なんだそりゃ」

だって、荘志が自分のことを好きになってくれるだなんて、信じられなかった。

もちろん、どこかでそうなれたらどれだけ幸せだろうかと、こっそり考えたことがなかったわけじゃないけれど。

でもそんな夢物語を信じられるほど、愚かにもなれない。

「それにそんなこと、今まで一度も…」

「まぁ、確かに最初は、クソ生意気なガキだと思ってたしな。人に迷惑かけるもんかっていつも突っ張ってて、手なづけようとしてもこっちに寄ってこなくて。……でも、なにやらせても一生懸命で、そのくせ自分はなに一つ期待しようとしない。そんな風に両脚をつけて踏ん張ってるお前を可愛いと思った時点で、お前は俺にとってもう特別だったってことだろ」

「嘘……」

自分に都合のいい幻聴が聞こえたのかと思って、思わずぽつりと呟くと、荘志はなんだか情けない顔ではぁ、とこめかみのあたりに手を当てた。

「お前な…。人のせっかくの告白を、嘘とかで終わらせんな」

――――こ、告白って…。

彼の好みからはかけ離れていそうな規格外で、荘志の嫌いなクソガキで。

その上、自分は女ですらもないのだ。そんな自分が彼の特別だなんて、どうしたら素直にそう思えるというのか。

「それとも、そういうのがお前の趣味なのか？」

「趣味って…」

「お前、そういやあのクソ従兄に対してもそうだったな。自分からすすんでサンドバッグになってるし。お前本気で、不幸のほうが好きなマゾ体質なんじゃねーか？」

「ひど…」

「どっちがひどいんだ。人がこれまでどれだけ大事に扱ってたと思ってる？　飯を食わせて、毛づやをよくしてやって。なのに誰かさんは、勝手に殴られまくったりしたあげく、こんなの慣れてるからたいしたことないとか馬鹿なことをのうのうと抜かしやがって。……おまけにまた呼び出されたからって、あのアホ男のいいなりになってるし」

そこまで言われて、どうやら先ほどまでの荘志の不機嫌さの理由が、迂闊でどうしようもない悠自身に向けてだったのだということに気づく。

だが、そんな風にむかつくと言いながらも、荘志は悠の頭にそっと手を置いた。

頭ごと抱え込むようにして抱き寄せられ、その体温を身近に感じる。

本気で今、自分は息が止まって死ぬんじゃないだろうか。

そう思えるほど、悠の心臓は激しく高鳴っていた。

「それとも、俺はお前に優しくできてなかったか？　お前を特別扱いしてるようには、ぜんぜん見えなかったか？」

急に、そんな切ない声を耳元で出したりしないでほしい。

思いきり、その背に手を回してすがりつきたくなってしまう。

「ちが…うっ」

――そんなことないと、頭をふるりと横に振る。

荘志は優しかった。言葉がぶっきらぼうでも、最初からずっとずっと優しかった。

それが自分だけに特別向けられたものだなんて、ただ信じられずにいただけで。

だって、怖いんだ――。

期待して、やっぱりあとから勘違いだったと死ぬほど落ち込んで……、人生はそんなことの繰り返しばかりだ。

期待した分、ついた傷も大きくなる。

だからこそ『大丈夫』『なんでもない』と繰り返して。手に入りそうにない夢は、なるべく見ないとそう自分にも言い聞かせて…。

なのに、どうして人を好きになることをやめられないんだろう――？

荘志にも絶対に言わない。期待なんかしないと言いながら、本当はどこかで振り向いてほしくて、必死だった。

ペット代わりでもいいからそばに置いてほしくて。その手に撫でてもらえたら、一日天にも昇るくらい幸せで…。

荘志をどうしたらこれ以上好きにならずに済むのか、誰かに教えてほしかった。

だがその甘苦しい切なさを、できることならずっと手放したくないと思っていたのも本当だった。たとえ報われなかったとしても。

――本当に好きだったから。

期待するのは怖い。好きな人に手を伸ばすのも怖い。

怖い怖いと思いながら、それでも悠はずっとしがみつきたいと思っていた背中へ、自分から初めてそろそろと手を伸ばした。

指先が触れた瞬間、それまで我慢していた気持ちがどっといっきに溢れてきて、たまらずその手にぐっと力がこもる。

二度と放したくないというように、荘志の背を掻き抱くと、同じくらい強い力で抱きしめ返される。

それに目眩を覚えるほど幸せだと、そう思った。

「好きだ」

低い囁きに、熱いものが喉の奥からこみ上げてきて、目の奥がジンと痛くなった。

悠は荘志の首筋に顔を埋めたまま、唇を震わせた。

荘志の身体越しに伝わってきたその告白を、今度こそ悠は『嘘だ』と否定したりはしなかった。

代わりに自分も同じ気持ちだと伝えたくて、ぎゅうぎゅうと何度も抱きしめ返す。

今なにか言葉を口にしてしまったら、堪えているものがいっぺんに溢れ出てきてしまいそうで、それを必死で呑み込んでいるうちに、荘志は悠の頭のてっぺんにキスを落としてきた。それから震えている悠の瞼にも。

「……っ」

瞬間、とうとう堪えきれずにぼろぼろと熱い滴が落ちた。

それをまた荘志の器用な指先が、そっと拭ってくれる。好きな男の手のひらに触れられることを、たまらなく幸せだと思った。

「悠」

名を呼ばれ、目を擦りながら顔を上げる。黒曜石みたいな瞳と視線が合った瞬間、熱い唇がそう決められていたみたいに自然と悠の唇に落ちてきた。

初めて触れた唇は、火傷したときみたいに熱かった。

「口、開きな」

慌てたせいで、カチリと音を立てて歯に触れてしまい、『ヘタだな』と笑われる。それにしゃくりあげながら、悠はカッと耳まで赤くなった。

「し、しかたないじゃんか。こんなの……したことないんだから。悪いかよ…っ」

英和に身体を触れられたことはあっても、こんな風に吐息を分け合うみたいなキスを誰かとしたことは一度もない。

「悪いわけあるか。お前はこれから、俺のやり方だけ覚えりゃいい」

そんな風に独占欲を滲ませた言葉を、さらりと言わないでほしい。

本当に、涙が止まらなくなってくる。

なのに荘志は涙で汚れたその顔を、まるで本当に愛しいものでも見るように、目を細めてじっと見下ろしてきた。

その口元に笑みが浮かんでいるのを知り、また熱いものが目尻にじわりと浮かぶのを感じる。

「…うん」

「ん？」

「覚える。……アンタのこと全部」

荘志のことはなんでも覚える。

彼の好きなもの、好きな色。それから好きな食べ物も。

気が付けば、いつも荘志がそうやって悠のことを知ってくれていたように。

彼の心も身体も、悠の細胞の中の全てに特別だと刻み込みたい。

神妙な顔をして頷くと、荘志はなぜか『ホントお前には、まいる』と小さく呟きながら、それでも甘く笑ってくれた。


……うわ真っ赤だ。

鏡に映った自分の顔に苦笑しながら、悠はすっかり赤くなった目をぱちぱちと瞬かせた。

先ほど荘志に抱きしめられたとき、悠はたまらず年甲斐もなく泣いてしまった。

泣くことなどもうないかもしれないと思っていたのがまるで嘘のように、荘志のほんの些細な仕草ですら泣けてきてしまって、止めようがなかった。

その間、荘志は悠の頭を抱きしめたまま、肩や頭をずっと撫で続けてくれていた。

子供のように慰められることは気恥ずかしかったが、それでもしゃくりあげるほど泣いたことで、気分はかなりすっきりとしていた。

落ち着いたところで風呂を沸かしてもらい、汚れて気持ち悪かった身体と泣き濡れた顔をさっぱりさせる。

「悠。ちょっとこっちこい」

タオルで濡れた髪を拭きながら居間へ戻ると、それまで台所で夕飯の支度をしていたらしい荘志が、ちょちょいとソファのほうを指さした。

「ここに座れよ」

なんだろうと思いつつ、腕を引っ張られるようにしてソファに腰を下ろす。すると荘志は悪戯っぽく笑いながら、ドライヤーを取り出してきた。

どうやらこれまで悠がしてきたことを、やり返してくれるつもりらしい。

荘志の手に、撫でられるのは好きだ。

なら髪を乾かしてもらうのも、きっと嫌いじゃない。

そう思って荘志に全て任せたまではよかったのだが、そのことを悠はすぐに後悔する羽目になってしまった。

「……っ」

荘志はなにが楽しいのか、鼻歌交じりにドライヤーを動かしている。

首筋や、乾きかけた耳の後ろまで丹念にタオルで拭われる。その少しかさついた長い指先に項のあたりを撫でられた瞬間、悠はびくっと身体を震わせた。

……まずい、と思ったのはすぐあとだ。

下腹の、ありえないところに次第に熱が溜っていくのを感じた。だがそうとは言いだせずに我慢しているうちに、また荘志の指先が耳の裏や首筋へと触れてくる。

そのたび、悠はかすかに漏れてしまいそうになる吐息を必死に噛み殺し続けた。

どうしよう……。

荘志の手になんの意図もないと知っていても、それにいちいち反応してしまう自分がたまらなく恥ずかしい。

頭上から降ってくる明るい蛍光灯も、凶悪だと思う。

近くにある荘志の手や顔を、意識せずにいられないじゃないか。

「あ、あのさ。もう自分でやるから、いいよ」

これ以上はさすがにまずいと思って、慌てて身を捩る。すると荘志は楽しみを途中で邪魔されたとでもいうように、眉を上げた。

「なんだ、最後までやらせろよ」

「えっと……いや…、その…」

「どうかしたのか?」

尋ねられても、正直にはなかなか説明しにくいものがある。

だがこれ以上荘志の手に髪や首筋を触れられていたら、のっぴきならない状態にまでいってしまいそうだ。

それを誤魔化したくて、そそくさとその場から離れようとした瞬間、荘志は『…ああ』と声を漏らした。

悠の赤くなっている頬や、やや前屈みになった姿勢でなんとなくピンときたらしい。

なるほどといった様子で頷かれたときは、死ぬかと思うくらいに恥ずかしかった。

だが本格的に恥ずかしくなったのは、さらにその後のことだった。

「……じっとしてな」

囁かれた言葉の意味が、一瞬だけ分からず目を瞬かせる。

だが当然のように下半身へと伸びてきた腕に気づいて、悠は本気で慌てた。

「な、なにして…んのっ」

「なにって、抜いてやるよ。それ、なんとかしねぇとおさまらねぇだろ？」

「ぬ、抜くって…」

そんなこと、さも当然みたいに言わないでほしい。

荘志は平然とした顔で悠のズボンのボタンを器用に外すと、邪魔な衣服をかき分けるようにして、中まで手を差し入れてきた。

下着の上から握られた瞬間、ぶる…と悪寒にも似た震えが背筋に走る。

「やだ…っ。八木さん…っ、頼むから…っ」

「バカ。……怖いことなんかしねぇよ。そのまんまじゃお前が辛いだろうが」

荘志は『若いときは、ちょっとしたことでも反応するもんなんだから気にするな』とけろっとした顔で続けたが、そんなことでこの恥ずかしさから逃れられるわけもない。

なによりも彼に触れられて、とんでもない醜態をさらしてしまいそうな自分が一番怖かった。

どんな声を上げてしまうか分からない。今ですら、必死で唇を噛みしめているのがやっとだというのに。

「ちょ…っ、待って。八木さん…！」

布地の上から荘志の手にほんの少し触れられただけで、簡単に反応してしまう自分がどうしようもなく恥ずかしかった。

こんなのはまずいと思えば思うほど、腰の疼きはさらに強くなっていく。

だが力なく抵抗を続ける悠に、なにを思ったのか、荘志は突然その手をピタリと止めた。

代わりに、肩を抱くように胸元へ抱き寄せられて、悠は『え…？　え？』と狼狽する。

荘志の手で触れられるのもたまらなく恥ずかしいことではあったが、こんな状態のまま、突き放されるのもそれはそれで辛い。

「なぁ……言いたくなかったら、答えなくてもいいんだけどな」

「……なに？」

頭の上から降ってきた神妙な声。それに首をかしげる。

「お前……俺と、こういうことするのは嫌か？」

荘志の質問に思考が停止する。

だが肩を抱いたままじっと返事を待っている荘志が、一体なにを気にしているのかに気づいて、悠は慌ててふるふると首を振った。

「そんなことない。八木さんに……その、触られて…嫌とか絶対、ないから」

それだけは嘘じゃなかった。

荘志が英和とのことを気にしてくれているのは分かっていたが、あの男と荘志では根本的に違う。英和にはこうして肩を抱かれることすらまっぴらゴメンだったし、鳥肌が立つほど気持ちが悪かったが、荘志だとなんでだか怖いくらいに安心している自分がいる。

今だって、そうやって胸に顔を押しつけられているだけで、不思議なくらいほっとしていた。

それをたどたどしく説明すると、荘志は『そうか。まぁ……この状況で安心されても、それはそれで困りもんだけどな』などと苦笑していたが、その口からほっとしたような溜め息が漏れたのを悠は聞き逃さなかった。

「クソ野郎の嫌なことなんか、本当は思い出させたくもなかったけどな。俺も、できればお前に不快な思いはさせたくなかったし。もし……お前がなにか嫌なことや、されたくないことがあったら、今のうちに言っとけよ」

怖がらせたくないのだと真剣な眼差しで言われて、悠は無言で俯いた。

――そんな心配、いらないのに。

自分が荘志にされて、嫌なことなんてなにひとつあるとは思えなかった。

「別に……、そんなに気にしなくてもいいよ？」

そう言い張ると、荘志はこちらの真偽を窺うみたいにじっと視線を合わせてきた。

その無言の視線に、全部見透かされているような気がして、かすかに俯く。

「別に、本当にたいしたことは、されてないし。……部屋で寝てたら…、いつの間にかアイツが上に乗ってて。服とか、勝手に脱がされて。それだけ」

「…本当か？」

荘志は、別に英和との間にあった内容までも疑っているわけではないのだろう。

ただ悠がまた強がりで無理を言っているんじゃないかと、そのことは強く気にしているようだった。

「ちょっと……、下とか触られたのと。……口に……その、無理矢理突っ込まれそうになったから、顔、蹴って逃げ出してやったし」

瞬間、荘志の全身からぶわっと恐ろしい怒気のようなものが立ち上ぼる。

「……やっぱアイツは、殺して埋めときゃよかったか」

あまりにも危ない発言にぎょっとする。

「いいよ、もう。そんなことで八木さんに犯罪者になられたらそっちのほうが困るよ。それに、もともとあれだけ嫌われてるんだから、家を出ちゃえばもう会うこともなくなるだろうし…」

「お前……、まさかアイツがお前のこと嫌いであぁいうことしてたって、本気でそう思ってんのか？」

「え？　だって、他になにがあんの？」

中傷したり殴ったり。悠に対する嫌がらせが年々ひどくなっていったのは、もちろん八つ当たりもあっただろうが、根本的に英和と自分の性格が合わなかったせいだろう。

努力しても人の相性というのは、どうしても合わないこともある。そうした人物と身近なところで出会ってしまったのが、お互いの不幸の始まりなのかもしれなかった。

荘志はなぜかしばらくそれに考え込むようにしていたが、『…やめた。俺が言ってやるギリなんかこれっぽっちもねぇしな』となにやら言葉を早口で囁いた。

「じゃあ、いいな」

「いいって…？」

なにがいいのかと問いかける間もなかった。それまで停止していた時間がいっきに動き出したみたいに、再び荘志の指先があらぬところに触れてくるのを感じて、悠は小さく息を呑む。

「ちょ…っ」

荘志は悠から許可をもらったことで、どこに触れてもいいと解釈したらしい。今度は布地の上からではなく、直に下腹部へとその指先を這わせてきた。

そっと握りこまれた瞬間、目の前がちかちかした。

「……本気で嫌だったら、ちゃんとそう言えよ」

耳元でそう囁く声に、ぞくぞくとした甘いなにかが背筋を這い上ってくる。

ずるい……。

そんな風に言われたら、却ってなにも言えなくなってしまう。

もしここで悠が荘志の手を恥ずかしいからと拒んだら、それは荘志自身のことも拒んでいると取られかねない気がした。そんなのは嫌だったし、そんな風に荘志から思われたくもなかった。

仕方なく、きゅっと唇を噛んで、下っ腹から湧き上がってくる甘い疼きを必死に耐える。

荘志の指先はたくみだった。先端を甘くくすぐっていたかと思うと、今度はくびれの部分を撫でるように動かし、それから全体を覆うようにして悠の熱をさらに高めていく。

だが下着の中ではその手を動かしにくかったのか、ズボンごと布地を下げられるのを感じて、それには小さく首を振る。

「……そ、それはやだ…」

「なにが嫌だ？」

――見えてしまう。

荘志の前で、なにもかも。

さんざん指で触れられておいて今さらかもしれなかったが、こんな明るい部屋の中で、自分だけ硬く兆したその部分を荘志の目に晒すなんて、できれば避けたかった。

自分だけが惑乱させられるばかりで、荘志はその息一つ、乱していないというのに。

「……み、みっともないから、……み…みせたく、ない…」

「バカ。みっともなくなんかねーよ」

だが荘志はそう軽く笑って答えると、まるで悠を宥めるみたいに、頭のてっぺんに小さくキスを落としてきた。

それにピクリとまた荘志の手の中のものが、反応してしまう。

布地をゆっくりと下げられ、荘志の手の中のそれが外に顔を出す。

悠に見せつけるみたいに、取り出したそれを先端からゆっくりと握り込まれた瞬間、どっと体温が跳ね上がった。

「あ…っ」

だめだと思うのに、見てしまった。

あの長い指先が、無遠慮に……なのに繊細に悠の熱を包み込む。その淫靡な光景が目に焼き付くようで、悠は慌ててぎゅっと目を瞑った。

触れられている。あの指に。荘志の指先に…。

そんな風に、しないでほしい。

たまらなく恥ずかしいのに、たまらなくいいとか思ってしまう。少し強く擦られるたび、ピリピリとした痛みすら感じるのに、腰の中からは甘く蕩けるような快感も湧き起こってくる。

いくら視界を隠しても、触れられている感覚や、濡れた音は嫌でも鼓膜に響いてきて、悠の逃げ場を奪っていった。

「気持ち悪くねーか？」

そっと尋ねられても、言葉などなにも返せそうにない。

はぁはぁと零れていく荒い息を逃がしてやるのに、精一杯で。

「悠？」

「………っ」

耳元で名を呼ばれるだけでも感じてしまい、悠は顔の前で両手をクロスさせるように覆ったまま、仕方なくこくりと小さく頷いた。

「そうか」

ほっとしたように、荘志が小さく息を吐き出す音が聞こえた。それにまたじわりと熱いものが胸の中に広がっていく。

――どうしよう。

「…八木…さん」

「うん…？」

荘志の手が動きやすいように、悠は自分からそろりと足を開くと、その胸にもたれるようにして再び目を閉じた。

荘志はそれに一瞬手を止めたが、『いい子だ』というように、悠のこめかみに少し長めのキスを落としてきた。

悠の身体を探る手の動きが、さらに早くなる。

どうしよう。このままではきっと自分は、彼が望むどんなことでもしてしまうだろう。

それは彼のためからというよりも、悠自身がそうしたいと望んでいるからだ
そうやって、自分をもっと好きになってもらえたらいい。

自分の細胞の一つ一つに、荘志を好きだと刻まれているのと同じように、荘志にも少しでも自分のことを刻み込みたい。

そんな欲求、これまで一度も持ったことがなかったのに、こんな風に触れられたり、優しくキスをされたら、どんどん歯止めがきかなくなってしまう。

「気持ちがいいと思う感覚があったら、それを追えばいいから」

なのに荘志はそんな風に、さらに自分を甘やかそうとするのだ。

先端を親指の腹で数回撫でられた瞬間、悠は爪先をぎゅっと強く丸めた。

「……………っ！」

腰を捻りたくなるような感覚に導かれ、悠は結局、そのまま荘志の手の中で果てた。

はぁはぁと肩で呼吸を繰り返している途中で、荘志が悠の喉を撫で上げるようにして、上向かせる。

もたれていた身体を振り仰ぐと、まるで獣のような目をしてじっと悠を見下ろしている男と目が合った。

自分に欲情していると分かる、黒く鋭い眼差し。それにたまらなくぞくぞくする。

噛みつくようなキスを落とされたとき、悠は自分からその頭を引き寄せると、さきほど教えられたとおりにかすかに唇を開いた。

はだけていた服を全て脱ぎ落とされたのは、二人してもつれるように荘志の部屋へと移動してからだった。

激しいキスを繰り返しながら、あっという間にベッドの上に沈められる。

慣れた手つきで服を脱がされたとき、彼の過去が垣間見えるようでちくりと胸が痛んだが、それよりも与えてもらえるキスの熱さに夢中になった。

初めて知る、好きな男の肌に指先が震える。

同じように服を脱ぎながら、自分の上にのし掛かってきた身体の重みを、悠は不思議な気持ちで受け止めた。

英和にのし掛かられたときは、吐き気と嫌悪感以外なにも感じなかったのに、相手が違うとこんなにも違うものなのか…。

荘志に触れられる全てが性感帯になったみたいに、どこもかしこも気持ちいい。

心臓が破裂しそうなくらいどきどきしていたが、それは決して不快な感覚ではなかった。

「悠…?」

耳元で掠れた声で名を呼ばれるだけでもビクビクと跳ねてしまう悠を、荘志は決して急かしたりはしなかった。

初心者の悠が少しでも不安を感じそうになったり、びくついたりするとその手を止めて、再びゆっくりと口付けてくる。

角度を変え、何度も軽く吸われたり、唇をその舌で舐められたりしているうちに、それだけで身体から力が抜けていくのが分かった。

料理を作るときかなり繊細な動きを見せる荘志の長い指先は、こんなときでも変わらず器用で、悠の身体を確実に甘く蕩かしていった。

爪先から頭のてっぺんまで、気が付けば荘志がキスをしていないところはないというくらいにあちこち口付けられる。クールな見た目に反して、ベッドの上ではかなり情熱的な男の愛撫に、悠はめろめろになっていた。

「……っ」

「力抜けって。……痛くないだろ？」

「痛く…な…いけど…っ」

荘志の指先が、悠の奥深いところに潜んできたときも、その指先は細心の注意を払って、悠の身体を開いていった。入り口をほぐし、悠がそこで気持ちいいと感じられるようになるまで、何度でも含んだ指先を動かされて、悠は最後には身悶えながらすすり泣いていた。

「も…や…、もうそこ、やだ…っ」

ジンジン痺れて、もはや気持ちいいのか苦しいのかも分からない。

泣き声の入り混じった声で荘志に何度も、『もうや…、も…、そんなにしないで…』と懇願すると、ようやく悠の願いが聞き届けられる。

脱力している悠の膝をゆっくりと立たせたあと、荘志はその間に身体を進め、恐れを感じさせる間もなくその身体をぴたりと重ね合わせてきた。

大きなもので身体を開かれる初めての感覚に、一瞬、ぐっと呼吸を止めてしまう。

「悠……お前、すげぇのな」

荘志はそんな悠に合わせてか、腰を途中で止めたまま低く笑った。

太股を撫で上げられながら、感嘆の声を漏らされる。

息も絶え絶えといった状態で自分の上にいる男を見上げると、ひどく色っぽい目つきをした荘志と涙の膜越しに目が合った。

「な…にが？」

言われた意味が分からずに、小さく尋ねる。

荘志はそれににやりと笑うと、悠の膝小僧に音を立てて小さなキスを落とした。

「肌とかツルッツルで、むだ毛とかもほとんどないって、お前本気で第二次成長期迎えた男子高校生か？

…やべぇだろ」

「やべぇって…なんなんだよそれ…」

もしかして、もっと男っぽいほうが荘志の好みなのだろうか。

そういえば、ガキ相手ではその気にもならないと先日も言われたばかりだ。

こんな状況になったあとで、そんなよわっちろい身体じゃ萎えるとか言われたらと思うと、想像だけでぞっとした。

「これまでそんな趣味は一切なかったんだけどな。……なんつーか、援助交際にはまるオヤジの気持ちがよくわかるっつうか…」

「バカッ。だから…アンタのそういうところがオッサンだって…」

別に嫌がられているわけではないと知って、ほっとすると同時に脱力した。

その力の抜けたところを狙うように、荘志が身体の一番奥まで入り込んできた。
折り重なってきた身体は、初めて出会ったときと同じように大きかったが、なによりもそれに包まれているとと安心できた。

「……悠」

耳元で名を囁かれるたび、全身がぞくぞくした。
肌を擦る囁きや熱い吐息に、自分の身体も蕩け出しそうなほど高ぶっていて、わけが分からなくなる。
思わず全身にぎゅっと力を込めると、自分の上にいた荘志が『く…』と短く息を詰めるのが見えた。

「八木…さ…」

「バカ、こんなときぐらい名前で呼べって。色気ねぇな」

いつものように『バカ』と言われても、やっぱりちっとも嫌じゃなかった。むしろ愛あるそれがひどく嬉しい。
やがて荘志は繋がっている腰ごとゆっくり回すように動かすと、悠の脚を抱えるようにして、抽挿を始めた。
苦しさはあったが、荘志が自分の身体で感じてくれているのかと思ったら、それ以上の喜びに勝るものはなにもなかった。

「……悠、悠…、」

熱い声が、掠れた吐息と混じり合う。
苦しさの中にあった甘い痺れが、急に解放されたみたいに強くなった。

「あ…っ、あ……っ…、あ…っ」

「…こっち、いいのか？」

奥を突かれると、電流のような痺れが全身を走り抜けた。

「わか…んな…」

荘志によって、自分の身体が作り替えられていく。感覚が変わる。それを身をもって実感させられていく。

いつもは凛々しくすっと伸びた眉が、悠が声を上げてしがみつくたび、どこか苦しげに歪められる。それが、壮絶に色っぽかった。

腰を緩やかに回しながら、合間に気持ちよさそうに吐かれた吐息に目眩を覚える。

「……あぁ…っ」

中にいる荘志が、熱く跳ねて悠の中にその形を刻んでいく。

それを貪欲に貪りながら、悠は荘志に唇をねだった。

願いはすぐ叶えられ、ついでにこめかみと額にも口付けられる。

「……っ」

……俺、いい？

少しはアンタのことも気持ちよくしてあげられてる？

そう尋ねてみたい気もしたが、それを言うとまた笑われてしまいそうな気もして、代わりにぎゅっとその首にすがりつく。

すると同じくらいの強さで抱きしめ返された。そのことが震えるほど嬉しかった。

「好き…、すごく好き…。好き」

この人に、愛されたい。これからも何度も、死ぬほど愛されたい。

素直にそう思えることが、心から嬉しかった。


心地よい眠りの中で、悠はふと目を覚ました。

どうやら昨夜は荘志と色々な話をしているうちに、そのまま寝入ってしまったらしい。気が付けば悠は荘志と同じベッドの上で寝ころんでいた。

外がだいぶ明るいが、今、何時なんだろうと思って少しだけ身を起こす。

「……悠?」

悠が身じろいだことで、隣で寝ていたはずの荘志まで目が覚めてしまったらしい。

それに『あ…ごめん』と告げるよりも早く、背後から伸びてきた腕が、悠の身体に巻き付けられる。そのままぐいと強く引き寄せられて、気がつけば荘志の腕の中にすっぽりと収まっていた。

「…勝手に離れんなよ」

そう囁くと、荘志は悠の耳の後ろに小さなキスを落とし、再びすうっと寝入ってしまった。

かぁ…と頬が赤くなる。

背後から回された腕は悠の腹の前でがっちりと組まれていて、簡単には外れそうにない。それがまるで荘志の独占欲を表しているようで、気恥ずかしいけれど、すごく嬉しかった。

……そうだ。これから住む場所についても、沢渡にはちゃんと話しておかなければ。

昨夜、荘志と交わした会話の中で、今後、悠は沢渡のところに行くのではなく、荘志のいるこの家で彼やシマたちと共に暮らすことに決めた。

というよりも、荘志から『まさか沢渡のところに行くとか言わないだろうな?』と責められ、なしくずしにそう決まってしまったというのが正しかったが。

よく分からないことで言い合っているうちに、気が付けば再び唇をふさがれ、その手に太股を撫で上げられて…。

余計なことまで思い出してしまいそうになった悠は、慌てて小さくふるりと首を振る。

――これまで知らなかったけれど、これで荘志は結構な焼き餅焼きであるらしい。

枕の位置を直そうとしたとき、ふとなにか柔らかなものが指先に触れていることに気が付く。

ふんわりとしたこの感触は、きっとシマさんに違いない。そう思いながら顔を向けると、頭のすぐ近くに白と黒の綺麗なツートンカラーの毛皮が見えた。

「……嘘…」

――小梅さん、だ。

悠と同じ枕に顎を乗せた小梅が、ベッドの隅で狭そうに身体を縮めたまま、うたた寝をしているのが見えた。

いつもは寄りつきもしないはずの猫の行動に、思わず驚いて顔を上げる。

シーツの擦れる音が聞こえたのか、途端に小梅はうっすらとその目を開けて、こちらをじっと見つめてきた。

……ヤバ。

悠が寝ていると思って、安心していたのだろうか。

きっとまた逃げられてしまうと思って慌てたが、なぜか小梅はそこから動こうとせず、しばらく悠をじっと見つめたあと、顎をコトンと枕に乗せ直すと再び目を閉じてしまった。

それになぜか悠は、どっと熱いものが喉の奥からこみ上げてくるのを感じた。

小梅は、ただ眠かっただけだろう。面倒くさくて、そこから動きたくなかっただけかもしれない。

それでも、安心したように自分のそばで眠るその姿を目にしたとき、『ここにいてもいいよ』と彼女から許してもらえたような、そんな気がした。

……どうしよう。たまらなく嬉しい。

ついつい欲を出して、その背中をそっと撫でると、小梅は面倒くさそうに頭を振って寝返りをうった。

「あ…っ」

そのときちらりと覗いたものを目にして、『分かった』と、つい大きな声を出してしまいそうになり、悠は慌てて口を押さえる。

小梅の腹の下側。綺麗な毛並みのその内側に、黒く小さな点々がぽつぽつと並んでいる。

「美波ちゃんて、すっげー…」

彼女を小梅と名づけた美波の美的センスは、子供ながらにしてなかなかのものがあると素直に感動してしまう。

小梅が安心して眠らないと、決して見ることのできない場所。

そこには確かに、可愛らしい小さな梅の花が一つだけ咲いていた。

数日後、お見舞いと称して沢渡が美波や正晴とともに、荘志の家を訪れてくれた。

申し訳ないがそちらでは世話にはならず、荘志の家に置いてもらうことになったと伝えると、沢渡は『ああ』と頷いた。

「そんなの言われなくても分かってたから大丈夫。気にしないで。それより……あんまりあの体力バカと付き合ってると身が持たないからほどほどにね」

そうあっけらかんと笑われて、渇いた笑いが零れていく。

どうやら沢渡は、荘志と悠が憎からず思い合っていたことにとっくに気が付いていたらしかった。

『あの男が珍しく家の鍵を人に預けてる時点で、ピンときたね』とニヤニヤ笑っていた沢渡には、もはや二人ができあがってしまっていることも、うすうす感づかれているようだった。

悠が実家を出て荘志の元で暮らすと決まったとき、水面下で一番動いてくれたのは、なぜか荘志の兄の正晴だった。

正晴は弁護士を生業にしているだけあって、そうした犯罪じたいが許せないたちであるらしい。悠の境遇を耳にすると、正晴はまるで我が子のように憤慨し、悲しみ、そして力になると約束してくれた。

ついでに早々に必要書類を用意したあと、その足で沢渡とともに東雲の家へ出向き、引っ越しまでとりまとめてきてくれた。

その早業には舌を巻くしかない。

また正晴は英和に関しても、すぐに手を打った。

正晴は謝罪文とともに、今後は二度と悠には近寄らないという誓約書を英和に書かせた。もしその約束がやぶられた場合は法的に社会的制裁も辞さない考えであることを告げると、英和は小さく頷いたという。ノイローゼ気味だった英和は会社を辞め、しばらくは病院通いをしながら実家で療養することになったと聞いている。

そうしたもろもろの経過を、荘志の家のリビングで正晴から聞かされたとき、悠はほっと溜め息を吐いた。

あの家を出た寂しさはもちろんあったが、なによりも今は安堵の気持ちのほうが強い。

いつか伯父夫婦には挨拶に行くつもりではあるが、そのときは荘志がきっとついてきてくれるだろう。

「……それから荘志。お前にも一応、話がある」

正晴は全ての話をし終えると、今度は弟に向き直り、コホンと一つ咳払いをした。

「なんだよ?」

「まぁ、いくらお前でも、まさかこんないたいけな子にまで無体な真似はしないと信じているがな。一応、これからはお前が彼の保護者となる以上、言っておかないとと思ってだな」

「なんだ、もしかして悠には手を出すなとか、そういう話か?」

「まあ…そうだな」

突然、とんでもない話をしだした男二人にぎょっとする。慌てて沢渡を振り返ったものの、沢渡はことの成り行きを見て面白そうに目を細めているだけで、役に立ってくれそうもなかった。

「いいか、荘志。悠君はどんなに可愛らしく見えても男の子だ。しかも、まだ未成年ということもふまえてだな…」

「あ、あの、正晴さん…っ。そういう話は…」

だが二人の間に入ってその会話を止めようとした悠を、あっさりと邪魔してくれたのは荘志の一言だった。

「その話ならもう意味ねぇわ」

「なに？」

「もうとっくに食っちまってるし」

一瞬、部屋の中がシンと静まり返る。

まさかそんなことを荘志が暴露するとは思っていなかったため、悠は顔色を失せさせたまま、ぴたりと固まった。

しかも、沢渡たちもそばにいるというのに。

「……く」

さすがの正晴もこれには面食らったらしく、目を白黒させたまま絶句している。

どうやら常識人の彼にとってそれは、受け入れがたい話だったらしい。

「手を出したというのは、その……どこまでの話だ？」

「どこまでって……、出されりゃ全部いただくのが男ってもんだろ。それとも、コイツの足の間から指の股までしゃぶってやった経緯を、ここで全部事細かに話せってんじゃねぇだろうな？」

「ちょ、八木さん…っ！」

さらにとんでもない爆弾発言までぺろっと落とした男に、みるみる顔が真っ赤に染まるのが自分でも分かった。

悠のそうした反応から、正晴もそれが弟の作り話や冗談などではないことに気が付いたのだろう。わなわなと肩を震わせたと思ったら、正晴は急に怒髪天をつくような大声を張り上げた。

「荘志！　お前っ、お前というやつは…っ！　俺は、悠君をお前の餌食にするために彼の家からここへ連れてきたわけじゃないんだぞ！　それを…っ」

「別に、無理矢理ヤッたとかいうわけじゃねーから安心しろって」

言いながら、『なぁ?』とこちらに同意を求められても困る。本当に困る。

なにも言えずにただもうあとは俯くしかない悠へ、正晴は絶望的な視線を向けてくる。やがて正晴は苦いものを無理矢理飲み込んだときのような、複雑な表情をしてみせた。

「悠くん…」

「は、はい…」

さすがに、なにを言われるのかと身構えてしまう。

荘志と寝たのは、彼の言葉通り、自分の意志だ。

そして悠自身、そのことに後悔なんて一ミリもしていなかった。

ただそれをさすがに正晴に怨まれるのは辛い。

「だから…、だから言っただろう。君みたいな、無防備そうな子が一人でこの家にいちゃいけないと。もともとここで暮らすのだって、俺は反対だったんだ。それでも君の場合は男の子だから、よもやと思っていたのに…っ」

「へ…?」

どうやら正晴は、荘志が年下の男に走ったのは悠のせいだなどとは思ってないらしい。

それどころか、自分がなぜあのとき止めてやらなかったのかと、本気で悔いているようだった。

もしかして、初めて会ったときに正晴から言われた『君のような子』という台詞は、そういう意味だったのかと今さらながらに納得してしまう。

だがそうしてしばらく頭を抱えて落ち込んでいた正晴は、突然がばっと顔を上げると、再び悠の日を覗き込んできた。

「……悠君、君はこれからうちにきなさい」

「え…っ?」

いきなりの提案に驚く。

「学校にはうちから通えばいい。なにもこんなボロの平屋で暮らす必要ないだろう。うちには美波もいるし、君にも懐いてる。もし君さえよければ、卒業後もうちから沢渡のところに通ったらいい」

「それ…は…」

正晴が自分を心配してそう言ってくれているのは、よく分かっている。

悠が自立できるようになったのも、彼の働きがあったからこそだ。

だが……それでは荘志とここで暮らすことができなくなる。

せっかく小梅も、懐いてくれたのに。

日の当たる庭も、猫たちのいるリビングも。

なによりも、荘志の匂いに包まれたこの家に一緒にいられなくなるのは切なかった。

思わずしゅんとなった悠は、ほとんど無意識のまま縋るように隣にいた荘志の服をきゅっと掴む。

それに荘志はふっと笑うと、ぽんぽんとその手で頭を軽く叩いた。

「いかせねぇよ」

だから安心しろと、そう言い聞かされたような気がして悠は目を見開いた。

「兄貴もあんまり余計なことを言うなよな。猫は家に懐くもんなんだぜ？　ようやくコイツがこの家でも安心して眠れるようになってきたってのに、そこからまた引きはがす気か？」

「いや…それは。ううん…。だがしかし…」

……猫扱いする気はないとか、言ってたくせに。

これでは恋人というよりも、完全に猫扱いされている気がしたが、それでも言いたいことはちゃんと伝わったのか、正晴は『ううん…』と顎に手をあてて悩み始めてしまった。

「安心しろって。ちゃんと可愛がってるからさ。頭の先から、足の先までな」

言いながら、荘志は悠の頭のてっぺんに軽いキスを落としてくる。

もう悠はそれを喜べばいいのか、それとも恥ずかしがればいいのか。それすらも分からないまま、ただ真っ赤になって俯くしかなかった。

そんな二人の様子を見て、正晴は再び肩を震わせた。

「だから…っ、それが安心できないって言ってるのがわからないのかっ！」

「おいおい。別に無理はさせてねぇぞ？　昨日だってコイツが毎晩入れるのはやだっつうから、指だけですましてやったし」

「お…お前ってやつは…っ」

もはやかける言葉が見つからないのか、不肖の弟を見下ろして正晴はぶるぶる震えるばかりだ。

悠としてもさすがに居たたまれなくなってしまい、赤い顔を隠すようにして、『あの、俺、洗濯物を干

さないといけないので…』とそそくさと席を立つ。

背後のソファでは、まだ兄弟の露骨なやりとりが喧々囂々と続けられていたが、もはや聞くのも恐ろしかった。

それまで荘志たちとは少し離れたところで美波と遊んでやりながら、こちらの様子をニヤニヤ眺めていた沢渡が、なぜかすすすーと近寄ってきた。

そうして、呆れたように肩を竦めてこっそり囁く。

「知らなかったよ…。荘志みたいなタイプの男は、たとえ宝物を手に入れても、喜びもあまり外に出さないのかと思ってたけど」

「……どーいう意味ですか」

「いや、滅茶苦茶ノロケて人に見せびらかしたあとで、『これは誰にもさわらせねぇ』って後ろに隠すような、ガキみたいな男だったんだなーと思って」

確かに、いきなり人前でも見境なく髪にキスしたりするのは、ちょっとやめてほしいとは思う。

恋人になった途端、荘志の甘やかし具合には際限がなくなった気がする。

イタリア帰りの彼にとって、自分の恋人を甘やかすのは当然のことらしい。だがそれをまた嬉しく感じている自分がいるのも、確かなのだ。

「あれはしばらくの間、正晴からうるさく言われそうだね。……本当に、こんな家でいいわけ？」

足下ではシマが近寄ってきて『にゃあ』とご飯の催促をしてくる。

向こうの部屋では、小梅がうるさい居間を眺めて、迷惑そうに尻尾を振りながら昼寝をしていた。

ここに自分の居場所があることを、悠は幸せだと思い、心から笑って頷いた。

あとがき

こんにちは。可南《かなん》です。ルナノベルズさんではじめまして。

花粉症の人間にとっては、とても切ない季節がやってまいりました…。

そして本当はその前にこの本は出ていないといけなかったのに、色々とありまして、発行がかなり遅れてしまい、大変申し訳ありませんでした。

なにより一番大変だったのは、担当さんではないかと…。本当にお世話をおかけしました。

また、イラストを担当してくださった街子《まちこ》マドカさま。すごくかっこ可愛い二人をありがとうございました。送っていただいたイラストがとても励みになりました。本当にありがとうございます。

イラストがすごく偏った指定配分になってしまったのは、大人の事情ですみません…(汗)。

今回はちょっと世をすねた高校生と、ちょっと口の悪い大人の恋愛模様を書かせていただきました。相変わらず趣味に走っていてすみません。

ではではまたいつか。どこかでお会いできますことを祈って。

二〇一〇年　春　可南さらさ

ルナノベルズ既刊案内

あなたは私の可愛いドールだ
――だから、丁寧に愛そう

愛玩人形

剛しいら *illust* 小山田あみ

由緒正しき家の跡継ぎでありながら、屋敷に籠もり、人形たちを話し相手にひっそりと暮らしている人形師の琴耶。だが、一族が催したパーティーに客として現れた世界的に著名な実業家ジェラールに一目惚れされてしまう。人と話すこともほとんどなく、もちろん恋愛などしたこともない琴耶は一方的に愛情を押し付けられ、まるで自分自身が人形になったような気がしていた。しかも、琴耶の部屋と全く同じに造られたジェラールの別邸の部屋に連れ去られてしまい――。

ルナノベルズをお買い上げいただき
ありがとうございます。
この作品に対するご意見、
ご感想をお待ちしております。

〒173-8558　東京都板橋区弥生町 77-3
株式会社ムービック　第 6 事業部
ルナノベルズ編集部

LUNA NOVELS

唇にふれるまで

著者　可南さらさ ©Sarasa Kanan　2010
発行日　2010 年3月30日　第 1 刷発行
発行者　松下一美
編集者　林　裕
発行所　株式会社ムービック
〒173-8558 東京都板橋区弥生町 77-3
TEL 03-3972-1992　　FAX 03-3972-1235
http://www.movic.co.jp/book/luna/

ISBN 978-4-89601-759-5 C0293
Printed in JAPAN